T0258622

Aquí no es Miami

Aquí no es Miami

FERNANDA MELCHOR

LITERATURA RANDOM HOUSE

Aquí no es Miami

Primera edición: enero, 2018
Primera reimpresión: septiembre, 2018
Segunda reimpresión: noviembre, 2018
Tercera reimpresión: octubre, 2019
Cuarta reimpresión: agosto, 2020
Quinta reimpresión: abril, 2022

D. R. © 2013, María Fernanda Melchor Pinto,
bajo acuerdo con Literarische Agentur Michael Gaeb

D. R. © 2022, derechos de edición mundiales en lengua castellana:
Penguin Random House Grupo Editorial, S. A. de C. V.
Blvd. Miguel de Cervantes Saavedra núm. 301, 1er piso,
colonia Granada, alcaldía Miguel Hidalgo, C. P. 11520,
Ciudad de México

penguinlibros.com

ISBN: 978-607-316-069-8

Impreso en México – *Printed in Mexico*

ÍNDICE

NOTA DE LA AUTORA

Vivir en una ciudad es vivir entre historias: las que se escriben en libros, las que circulan en periódicos y pantallas, las que se transmiten de boca en boca y mutan bajo una lógica similar a la de los virus, esos entes que sin siquiera estar vivos se replican en un afán obstinado por permanecer en el mundo.

La ciudad es el campo en donde las historias se crean y se reproducen. Y es también el lugar en donde mueren. Las historias se extinguen porque la ciudad, escenario de la realidad, es silente a pesar de su bullicio: no puede contarse a sí misma, no puede contar nada en absoluto. A las historias, como ya lo señaló Sartre, no las cuenta la realidad, las cuenta el lenguaje humano, la memoria.

Pero el lenguaje es traicionero: ¿cuántas veces no nos hemos quedado pasmados ante algo que no atinamos a describir: una atmósfera, un semblante, un sentimiento? Queremos contar algo y las palabras que elegimos se nos rebelan como bestias mal domadas. Queremos dar cuenta fiel de la realidad, de un pequeño fragmento de la realidad, y terminamos hablando de nuestra finitud, de nuestros propios miedos y deseos. Desconfiamos de las palabras porque —especialmente en esta era abrumada por la imagen y el registro— estas nos parecen demasiado escandalosas para hacer eco del silencio, y a la vez, demasiado opacas como para referir a la vorágine de la existencia.

El conjunto de relatos que el lector tiene en sus manos fue escrito en un intento por contar historias de la forma más honesta que reconozco posible: aceptando este carácter oblicuo del lenguaje y aprovechándolo a favor de la propia historia. No importa que sea imposible "reproducir" la realidad con una herramienta que deja las manos astilladas; no importa que cualquier imagen en nuestra computadora, por fútil que sea, valga más de mil palabras. Las historias nacen en el lenguaje y en él alcanzan su sentido más profundo, el que se les escapa a las grabadoras y a las cámaras, el que se encuentra enmarañado en las voces y los gestos de la tribu. No estoy segura de haber cumplido a cabalidad con esta misión, pero sí puedo afirmar que lo intenté, incluso antes de plantearme formalmente estas consideraciones.

La mayor parte de los relatos que componen *Aquí no es Miami* fueron escritos en un lapso de 10 años, entre el 2002 y el 2011. Algunos de ellos fueron originalmente publicados en las páginas de la legendaria revista *Replicante*. Para esta nueva edición quise incluir una nueva versión, más completa y menos sesgada, de la trágica historia de Evangelina Tejera, y un relato inédito, "La vida no vale nada", que pertenece a la misma época en que fueron escritas las crónicas de la primera edición: la calamitosa convergencia de los gobiernos de Fidel Herrera Beltrán como gobernador de Veracruz y de Felipe Calderón Hinojosa como presidente de la República.

Una parte de los textos que componen este libro pueden ser englobados bajo el género periodístico de la crónica. Otros se resisten a ser clasificados; yo prefiero llamarlos "relatos", en el sentido de la primera acepción del término: "conocimiento que se da, generalmente detallado, de un hecho". No son textos periodísticos porque no incluyen fechas, datos duros ni números de placas de automóviles (en parte, para proteger a mis informantes), pero tampoco son ficciones realistas: no hablo de lágrimas, hombres armados o niños heridos donde nunca los hubo. La única ficción que estoy dispuesta a reconocer en estos relatos es aquella que permea todo constructo del lenguaje humano, desde la poesía hasta la nota informativa: la *forma* del relato, su esquema organizativo. Recordemos la etimología de la palabra ficción, *fingere*, que en latín significa "modelar", "dar forma". La realidad carece de voluntad directiva, de sentido deliberado; así, tanto la novela como el reportaje son siempre, de cierta manera, "ficticios", en el sentido de que son artificios y no pueden ser confundidos con la vida misma.

Asimismo, el lector encontrará en estas páginas relatos que se rehúsan a dialogar con la Historia en mayúsculas, relatos que no buscan cebarse en una anécdota determinada sino en el efecto que esta tuvo en la sensibilidad de sus testigos. Las historias a las que me refiero nacen de hechos concretos (un grupo de polizones que se queda varado en el puerto; un exorcismo según el ritual veracruzano, por ejemplo) pero su naturaleza subjetiva trasciende la mera anécdota para centrarse en la experiencia transformadora que enfrentaron sus protagonistas, de tal forma que, por ejemplo, el texto que da nombre a este libro no cuenta solamente la historia de unos pobres diablos que confundieron a Veracruz con Miami, sino la de un muchacho que, una noche de invierno tropical, se topa por primera vez con el rostro de la brutalidad y la venganza.

Sé que la subjetividad humana es quizás el campo menos periodístico que puede existir, y que algunos de mis relatos corren el riesgo de aparecer, a pesar de este choro mareador, como ficciones. No me queda sino asegurarle al lector que mi intención al escribirlas fue siempre la de relatar una historia con la mayor cantidad posible de detalles y la menor de ruido; que las palabras que utilizo provienen del conocimiento íntimo de mis informantes, de la explotación total, a veces despiadada, de sus percepciones, y, por supuesto, de mi propia participación en los hechos y lugares descritos.

Aquí el lector no hallará ninguna fobia a la subjetividad, ninguna reticencia a sacudir el mecanismo del relato para darles a los hechos humanos un sentido distinto, más próximo al de la experiencia individual que al de la noticia. Tampoco hallará ficción ni fantasía, sólo historias que pudieron ocurrir en cualquier parte pero que, quién sabe por qué destino inexorable, no pudieron sino nacer en este sitio.

FERNANDA MELCHOR
Veracruz, octubre de 2017

I

LUCES

LUCES EN EL CIELO

A principios de la década de los noventa, Playa del Muerto era apenas una franja de arena grisácea, ubicada en la cabecera de Boca del Río, municipio gemelo de Veracruz. Sus dunas ardientes estaban repletas de matorrales llenos de espinas en los que quedaban atrapadas las ramas podridas y las botellas de plástico que el río arrastraba desde las montañas en época de crecidas. No era una playa muy concurrida ni particularmente hermosa (si es que existe alguna playa en esta parte del Golfo de México que realmente lo sea) y había veces —especialmente durante la pleamar o los temporales— que la playa desaparecía, y ni siquiera las escolleras impedían que las olas invadieran la carretera que unía a las dos ciudades.

Los locales la evitaban. Decenas de intrépidos bañistas, chilangos especialmente, hallaban cada año la muerte en sus aguas traicioneras. *Prohibido nadar,* decían los carteles colocados a pocos metros del agua. *Peligro Ay Posas,* advertía una burda calavera pintada a mano con pintura roja. La poderosa resaca que empujaba el caudal de la ría hacia la punta de Antón Lizardo sembraba la Playa del Muerto de pozas, depresiones submarinas que ocasionaban corrientes erráticas en las que era fácil ahogarse.

Yo tenía nueve años cuando vi las luces, brillantes como cocuyos contra el lienzo negro de la playa. El otro testigo fue Julio, mi hermano, a quien le faltaban seis meses para cumplir los siete. Destruíamos el hogar de una jaiba celeste, hurgando en la arena con un palo, cuando un breve resplandor nos hizo mirar hacia el cielo. Cinco luces brillantes parecieron emerger desde el fondo del mar, flotaron unos segundos sobre nuestras cabezas y después huyeron tierra adentro, hacia el estuario.

¿Vistes?, dijo Julio, señalando al horizonte.

Claro que sí, respondí. *No estoy ciega.*

Pero ¿qué es?, preguntó él.

Es una nave extraterrestre, repliqué, maravillada.

Pero ninguno de los adultos presentes nos hizo caso cuando regresamos corriendo a la fogata para contarles, ni siquiera nuestros padres. Alejados del fuego y del resto de la gente, discutían tan encendidamente que no quisieron ni escucharnos.

Semanas antes había ocurrido un hecho excepcional: el jueves 11 de julio de 1991 tuvo lugar el que sería denominado "el eclipse solar total más largo del siglo XX". Aquella tarde, los ojos de México estaban puestos en el firmamento, esperando con impaciencia el milagro que convertiría el sol en un aro de fuego y la luna en una mancha. El eclipse no sería visible desde Veracruz, pero qué importaba si teníamos la tele, en cuya pantalla se repetían incansablemente el mismo plano inmóvil del cielo y una sucesión de imágenes que mostraban a los habitantes de las principales ciudades en donde sí podría verse el fenómeno: miles de personas reunidas en plazas y playas y azoteas y camellones, mirando el cielo con periscopios de cartón y gafas especiales. Los noticieros advertían sin cesar lo peligroso que era mirar directamente el eclipse:

podías quemarte las retinas y quedarte ciego para siempre, y yo pensaba que era una gran suerte que el puerto de Veracruz quedara fuera de la banda de totalidad del fenómeno, pues no me creía capaz de aguantarme las ganas de mirar aquel perturbador sol negro, y seguramente el resplandor concentrado me derretiría los ojos como si fueran de cera, o así era como me lo imaginaba.

Yo no lo sabía, pero en el mismo instante en que mi familia y yo mirábamos embobados el eclipse en la tele del cuarto de mi abuela, un hombre llamado Guillermo Arreguín registraba el cielo de la Ciudad de México con una cámara de video, cómodamente instalado en el balcón de su domicilio, al sur del Periférico. A Guillermo Arreguín no le interesaba tanto el clímax del eclipse como los planetas y las estrellas y demás cuerpos celestes que, según había leído en una revista de astronomía, brillarían con gran esplendor gracias al crepúsculo forzado. Cuando el cielo se oscureció, Arreguín apuntó la cámara hacia un extremo de su balcón y realizó varios paneos a su alrededor. Durante uno de estos movimientos logró captar un objeto extraño que parecía flotar por encima de los edificios circundantes.

El video de Arreguín llegó al noticiero *24 horas* esa misma noche. Un par de días después, un artículo de *La Prensa* describía el objeto de la grabación como "sólido", "metálico" y rodeado de "anillos de plata". Pero la palabra "extraterrestre" no haría su triunfante aparición sino hasta el viernes 19 de julio, en una emisión del programa de debates *Y usted... ¿Qué opina?*, dedicada por entero a la discusión de la supuesta presencia de alienígenas en la Tierra y la reciente oleada de avistamientos de objetos voladores no identificados en diversas ciudades mexicanas. Durante la transmisión del programa —la cual tuvo una duración récord de 11 horas y 10 minutos en vivo— el conductor Nino Canún cedió la palabra a un hombre barbado de nombre Jaime Maussan, que se autodenominó "ufólogo" de profesión y que afirmó tener en su poder por lo menos 15 grabaciones más del mismo "objeto brillante" que Arreguín había captado. Maussan aseguraba que dichos videos no sólo habían sido grabados por diferentes personas en distintas ciudades del país, sino que incluso habían sido sometidos a "pruebas" que demostraban que el objeto que en ellos aparecía era, en efecto, una nave extraterrestre, y aprovechó la conmoción que su participación produjo en el auditorio para anunciar la próxima aparición de su documental *El Sexto Sol*, en donde prometió revelar la verdad detrás de aquellos misteriosos avistamientos.

Así comenzó la oleada ovni en México.

Ese verano aprendí todo lo que había que saber sobre el tema: los hombrecillos grises, las "abducciones", el complot de los Hombres de Negro, la relación de los extraterrestres con la construcción de la Gran Pirámide en Egipto y los círculos de trigo sobre campos de Inglaterra. Todo aquel fascinante conocimiento me fue revelado gracias a dos fuentes: la tele (o más bien, el documental *Luces en el Cielo II*, del señor Maussan, que la abuela nos compró a Julio y a mí después de innumerables ruegos, y en contra de la vehemente opinión de mi padre y los tíos ingenieros), y también gracias a los kilos de cómics y tebeos que devoraba cada semana. Prácticamente pasaba las tardes echada sobre el vientre, mis ojos brincando de la pantalla de la caja idiota a las coloridas páginas de los tebeos.

En cuestión de cómics, yo era una ñoña insufrible: en ese entonces me gustaban los "cuentos" de *Archie*, *La pequeña Lulú*, *Las aventuras de Rico McPato*, y de ahí no salía. Pero había una publicación que exhibían en el kiosco de revistas que me atraía y fascinaba como la luz del zaguán a las polillas: el *Semanario de lo Insólito*, una verdadera enciclopedia del morbo y el espanto, un devocionario de monstruos humanos y fotos trucadas de bajísima calidad. Aún ahora recuerdo algunos "reportajes" entrañables que tuve el privilegio de leer en sus páginas: la mantarraya gigante-antropófaga-voladora de las islas Fiji; la maestra de primaria que poseía un tercer ojo en la base del cráneo, con el que espiaba las travesuras de sus alumnos; la sombra de Judas ahorcado dentro de uno de los ojos de la imagen de la Virgen que había aparecido milagrosamente en el ayate del indio Juan Diego; y, claro, la autopsia de un cadáver extraterrestre realizada en el pueblo de Roswell, Nuevo México, entre otras joyas.

Gracias a estas edificantes lecturas pude comprender, durante el verano de mis nueve años, que la extraña luz que Julio y yo vimos en Playa del Muerto no podía ser otra cosa que una nave interplanetaria, tripulada por pequeños y sapientísimos seres que habían logrado desafiar las leyes del tiempo y la materia. Posiblemente venían a advertirnos sobre algún próximo cataclismo que destruiría la Tierra, ahora que el fin del milenio estaba a la vuelta y la gente seguía enfrascada en guerras estúpidas que mataban niños y chorreaban de petróleo a los pobres pelícanos del Golfo Pérsico. Quizá buscaban a una persona que pudiera comprenderlos, alguien a quien legarle su ciencia y sus secretos. Quizá se sentían solos, pensaba yo —tal vez porque yo misma me sentía sola y extranjera en el mundo, incluso en mi propia familia—, deambulando por el cosmos en sus naves de silicio, buscando, siempre buscando, un planeta más amable, otros mundos, otros hogares, nuevos amigos en galaxias distantes.

Después del avistamiento que presenciamos en la playa, Julio y yo tomamos la firme decisión de vigilar el cielo. Y, justo como Maussan parecía demostrarlo, era más probable que nos tomaran en serio si conseguíamos grabar alguna prueba.

Lo malo era que papá se negaba a prestarnos su cámara de video.

¿Cómo pueden creer eso?, bramaba. *¿Cómo pueden ser tan pendejos?*, cuando nos sorprendía con la nariz pegada a la pantalla de la tele, tratando de descifrar los misteriosos signos de Nazca.

Papá no soportaba a Maussan. Su barba canosa y su mirada de perro mustio lo ponían de un humor irascible y estallaba cada vez que oía el sonido de la voz de nuestro profeta. Llegó incluso a amenazarnos con esconder la videocasetera:

Por Dios, ¿no ven la cara de mariguano que tiene?

Pobre papá, no podía comprender. En el fondo no podíamos enojarnos con él; más bien lo compadecíamos. Pero mamá era diferente. Mamá escuchaba nuestras teorías y fantasías sobre el ovni de la playa, y reía, y nos despeinaba los cabellos, y una noche, ella y un grupo de amigas suyas nos llevaron de regreso a Playa del Muerto, para que pudiéramos ver de nuevo nuestra nave extraterrestre.

Aquella noche había luna llena y el agua, ahí donde se bañaba el reflejo argente del astro, estaba tan quieta que parecía un enorme espejo. Pero todo había cambiado desde la última vez que estuvimos allí, a inicios de julio: ahora el lugar estaba lleno de coches y de gente. Una multitud de cuerpos adolescentes cubrían las piedras de las escolleras y se apiñaban en torno a fogatas encendidas con los matorrales secos. Decenas de autos abarrotaban la plaza de arena, aparcados tan cerca de la orilla que el agua salada mojaba las llantas. Los eructos, los bocinazos, los acordes de Soda Stereo ahogaban el murmullo del viento. Los enamorados, amartelados sobre los toldos de los coches, ocultaban sus rostros de los resplandores de las cámaras. Vi con horror cómo los empleados de las televisoras instalaban tripiés para filmar la verbena. Vi mujeres gordas destruyendo las dunas a tropezones. Vi chamacos sangrones señalar el cielo con dedos pringados de helado, preguntando en voz alta: *Mami, ¿a qué horas sale el ovni?*

Qué chafa, dijo Julio después de un rato, y sin ofrecer más explicaciones, corrió a jugar al *Declaro la guerra* con otros chicos que estaban ahí. Yo pensé que no había una manera más cobarde de claudicar a la causa.

Después de lo que me parecieron horas de otear en la negrura del cielo sin éxito, comencé a sentir sueño. Regresé a donde estaba mi madre y me hice ovillo sobre sus piernas. Su aliento olía a vino, sus dedos a tabaco. Hablaba con su amiga del ovni; de unas luces —blancas y rojas— que alcanzaban a verse a lo lejos, pero yo ya no tuve fuerzas para abrir los ojos.

Tanto desmadre por una avioneta de narcos, dijo mamá.

Déjalos. Al menos es pretexto pa' la pachanga, brindó su amiga.

Los primeros reportes de actividad aeronáutica irregular detectada sobre los municipios del Sotavento (Veracruz, Boca del Río, Alvarado y Tlalixcoyan, principalmente) datan de finales de los años ochenta. Los habitantes de las zonas agrestes —dedicados principalmente a la pesca y la cría de ganado— estaban ya habituados a la presencia de las luces nocturnas. Los más viejos las llamaban "brujas"; los más informados, "avionetas". Incluso conocían el lugar en donde las luces descendían: el Llano de la Víbora, una brecha natural bordeada de matorrales y espinos que el Ejército y la Policía Judicial Federal empleaban a menudo como pista de aterrizaje.

En esa planicie natural que se elevaba entre charcas y esteros, la presencia de soldados y agentes federales era algo común para los habitantes de la zona. Después de todo, la pista de La Víbora era usada por las fuerzas armadas para realizar maniobras especiales. Por ello a nadie le extrañó que, a finales de octubre de 1991, llegaran cuadrillas de soldados a tusar la maleza tupida a golpe de machete y limpiar el sendero de obstáculos.

Pero justo una semana después, la mañana del 7 de noviembre de ese mismo año, el Ejército, las autoridades federales y una avioneta Cessna de origen colombiano se vieron envueltos en un sangriento escándalo que logró burlar el apretado cerco de censura del gobierno: integrantes del 13° Batallón de Infantería del Ejército abrieron fuego contra un grupo de agentes de la PJF que habían llegado a La Víbora supuestamente a detener a los tripulantes de una avioneta de procedencia colombiana que había sido detectada desde las costas de Nicaragua por el Servicio de Aduanas estadounidense. La avioneta Cessna, supuestamente tripulada por traficantes colombianos, aterrizó sobre el Llano de la Víbora a las 6:50 de la mañana de aquel 7 de noviembre, seguida del King Air de los judiciales. Los tripulantes de la avioneta —un hombre afroamericano y una mujer rubia, según los testimonios—, abandonaron su cargamento de 355 kilos de cocaína en costales y desaparecieron en el monte, mientras que los soldados del 13° Batallón de Infantería, apostados en dos columnas a lo largo de la pista, aguardaron a que los agentes federales descendieran de su aeronave para abrir fuego contra ellos para "neutralizarlos".

De aquel suceso recuerdo dos fotos que aparecieron en el periódico local *Notiver*. En una de ellas, siete hombres yacían en hilera sobre el pasto, boca abajo. Eran los agentes acribillados por el Ejército. Cinco de ellos vestían ropas oscuras y los otros dos iban de paisano, y aunque portaban chamarras negras, sucias de tierra y zacate, ninguno llevaba zapatos. La segunda fotografía mostraba a un agente federal sentado en el suelo, con el cañón de un fusil anónimo apuntándole a la cabeza. El sujeto, que portaba las siglas de la PJF en el pecho, miraba directo hacia la lente. Sus labios, congelados a mitad de un espasmo de angustia, dejaban entrever una lengua hinchada y reseca: se trataba del único judicial que había sobrevivido al ataque.

Era diciembre —o quizás enero o febrero— cuando vi aquellas fotos, impresas en una de las páginas de aquel periódico viejo que extendí en el suelo para recoger la hojarasca que pasé la tarde barriendo en el patio. Y digo que debió haber sido en estas fechas porque es la única época del año en que los frentes fríos dejan desnudas las copas para entonces anaranjadas de los almendros tropicales en el puerto. Me recuerdo acuclillada en aquel patio, mirando las imágenes y leyendo con curiosidad las noticias de la sección policiaca extendida sobre el suelo de cemento, pero tuvieron que pasar más de 10 años para que yo pudiera relacionar aquellas dos imágenes —la fotografía de los judiciales muertos y el recuerdo de las extrañas luces de colores que vi en el cielo el verano en que cumplí nueve años— y concluir con tristeza que aquel objeto volador no identificado nunca transportó ningún extraterrestre sino puras pacas de cocaína colombiana.

Después del tiroteo de La Víbora y de otros incidentes semejantes ocurridos en Nopaltepec, Cosamaloapan y Carlos A. Carillo, y de varios accidentes automovilísticos protagonizados por adolescentes borrachos, el gobierno de Boca del Río prohibió las visitas nocturnas a las playas durante algunos meses, así que, después de esa última y decepcionante visita, no volvimos a Playa del Muerto sino hasta finales del 92, y el sitio, para entonces, había perdido todo su encanto. Nuevas escolleras habían ganado terreno al mar y aquello era un hervidero de vendedores ambulantes y turistas. Incluso habían retirado los escabrosos letreros con calaveras que advertían de las pozas, y con el tiempo, el nombre de Playa del Muerto cayó en desuso a favor de un apelativo más turístico y mucho menos tétrico: Playa Los Arcos.

Creo que jamás en la vida volví a creer en algo con tanta fe como creí en los extraterrestres. Ni siquiera en el Ratón de los Dientes, en Santa Claus o en el Hombre sin Cabeza (del que mi padre contaba que todas las noches se aparecía en el Playón de Hornos buscando entre el agua su testa, arrancada por un cañonazo durante la invasión estadounidense del 14), mucho menos en la mantarraya gigante-antropófaga-voladora de las Islas Fiji, y más tarde, ni siquiera Dios se salvaría de mi incredulidad. Todo era pura mentira, inventos de los grandes. Todos esos seres maravillosos con poderes inauditos no eran más que el fruto de la imaginación de los padres.

Dicen los actuales habitantes de la zona que, cuando la luna está ausente, extrañas luces de colores aún atraviesan la noche para aterrizar en el llano. Pero yo ya no tengo ánimos para buscar extraterrestres. Aquella pequeña y regordeta vigilante intergaláctica ya no existe, como tampoco existe Playa del Muerto ni los valientes idiotas que ahí se ahogaron.

EL CINTURÓN DEL VICIO

Si vamos a platicar del Veracruz de los años setenta, tenemos que hablar del Cinturón del Vicio, me advierte el informante tras encender otro cigarro sin filtro.

Los globos de sus ojos sobresalen de las órbitas, como si quisieran escaparse y rodar sobre la mesa de la cocina. No alcanzo a distinguir si la expresión del informante se debe a la emoción de los recuerdos o si ya le viene por *default*: en el muelle, antes de jubilarse, lo llamaban El Ojón.

Cuénteme, le pido.

El Ojón sostiene el humo de su cigarro, lo saborea y luego expulsa de su boca. Sus bigotes, más blancos que grises, se estiran para esconder una sonrisa incompleta.

El Ojón nació en el Callejón del Cristo, a orillas del Barrio la Huaca, uno de los asentamientos populares más antiguos del puerto de Veracruz.

Habitado durante el periodo colonial por libertos de origen africano que levantaron sus viviendas en las márgenes del río Tenoya con los maderos provenientes de los naufragios, el Barrio (a secas) fue durante muchos siglos el único hogar posible para las miles de personas que arribaban al puerto huyendo del hambre y la miseria de las zonas rurales, pera invariablemente pasar a engrosar la nómina del muelle, el comercio y el contrabando.

El Ojón pasó su infancia de cábulas, golfeando en las calles de la Huaca. Ahí aprendió que una paliza a manos de los chamacos más bravos equivalía a otra, aún peor, al llegar a su casa, donde la mujer que lo criaba, doña Teresa de Mora, solía golpearlo con la funda de la moruna hasta dejarle impresas en la piel las grecas que la adornaban. En aquella vivienda, escondida en un patio de vecindad sobre la calle de Zapata, vivió hasta los 17 años como entenado, rodeado de hermanos postizos y de una hermana de verdad, Lucy, que era como su madre, y que años más tarde se haría cargo del primogénito del Ojón, que a su vez también crecería en las calles del Barrio y entraría a trabajar a los muelles, donde sería bautizado como El Ojitos.

Pero esa es otra historia, como diría Michael Ende (o Loló Navarro). Esta intenta contar la del Cinturón del Vicio.

Durante los años setenta, en pleno apogeo del régimen priista, existía en el centro de la ciudad de Veracruz un puñado de cantinas y bares que no cerraban nunca y que acogían desde temprano a las multitudes sedientas que buscaban un refugio del sol implacable del puerto, un remedio para la cruda, o un respiro de media mañana de sus respectivas ocupaciones: obreros portuarios, cuijes y sindicalizados, marineros de permiso en tierra, burócratas, pescadores, boleros, comerciantes, padrotes y hasta fotógrafos y periodistas de los periódicos y estaciones de radio; todos ellos se reunían en algún momento del día bajo los ventiladores de este puñado de cantinas, establecidas entre las calles de Mario Molina, Landero y Coss, Zaragoza y Esteban Morales. Tabernas como La Concha Dorada, Saturno, Santillana, El Capitán, La Puerta del Sol y el bar Tito's eran el escenario principal de la vida social de la clase trabajadora del puerto, en oposición a los refinados clubes que, calles más arriba, sólo admitían (y admiten aún) a caballeretes que se las dan de peninsulares.

En la penumbra de aquellos locales de techos altísimos atravesados por vigas que aún olían a creosota, y en medio del bullicio de las libaciones y los acordes de salsa que tronaban desde las rocolas, las cantinas del Cinturón del Vicio ofrecían una amplia gama de actividades: no sólo se bebía y se jugaba por dinero al dominó o las cartas, sino que también eran sitios propicios para el galanteo abierto con las meseras, las cocineras, las afanadoras o las que se dejaran, o para el romance furtivo con la mujer coqueta cuyo marido lo esperaba a uno afuera con la navaja abierta en la mano. En estas tabernas se hacían toda clase de negocios: a ellas acudían los obreros no calificados que buscaban trabajo eventual en el muelle —los cuijes, los llamaban—, y los líderes sindicales que lo ofrecían a cambio de una cuota: hombres gordos, cargados de cadenas de oro, que fumaban puros cubanos y se pasaban el día entero bebiendo coñac mientras sus cuijes, muchachos fuertes y ganosos como El Ojón, se rompían el lomo en los rústicos muelles del puerto. En el aire no sólo flotaba el picante aroma del pescado al mojo de ajo y las empanadas de minilla y los pulpos encebollados que se servían como botana fina, sino también la irresistible fragancia de los negocios clandestinos.

N'hombre, yo llegué todo ñengo al muelle. Pero después de tres años cargando bultos como burro y apaleando grano me puse bien trabado, presume El Ojón, y hasta tensa los músculos de los brazos y luego los flexiona a sus costados para mostrarme la fibra que aún le queda a sus 65 años. Frunce los bigotes con una rudeza tan fingida que provoca risas en quienes lo rodeamos.

¡En serio! Cuando entré de cuije, llegando-llegando me dijeron: "A ver, tú, fórmate en esa cola". Había que cargar sacos de

café que estaban a pie del buque hasta una bodega como por allá, a 500 metros. Yo tenía 16 años y no pesaba ni 60 kilos. "Loco, ahí te va" me decían los culeros; pero no te creas que te ponían el costal así, suavecito; n'hombre, te sorrajaban esa madre sobre la espalda, y te decían: "Loco, si se te cae en el camino, tú la levantas", y yo "¡pa' su madre, cuándo!", y ahí me iba, con el pinche costal de 80 kilos, hasta la bodega aquella. N'hombre, el primer día casi me muero. Pero ya luego me puse méndigo.

En aquellos tiempos, los años setenta, El Ojón comenzó a trabajar de cuije y, por primera vez en su vida, supo lo que era tener dinero. Y mujeres. Al poco rato se salió de la casa de doña Teresa y se fue a vivir a un cuarto rentado en el hotel Santillana. Se dejó la melena larga, se compró unos pantalones Topeka, unas botas vaqueras y varias camisas españolas que a él le gustaba dejarse desabotonadas para que las mujeres del Cinturón del Vicio vieran los músculos de su pecho. Pero no tuvieron que pasar muchos días antes de que El Ojón se diera cuenta de que el dinero que ganaba como cargador no le bastaría para vivir a tope la vida que él deseaba, así que comenzó a frecuentar el bar Tito's, ya no tanto para seducir a las meseras sino para vender la mercancía que comenzó a robar de los almacenes del muelle y de los barcos a los que subía.

El bar Tito's se llamaba así por su dueño. Lo atendían dos meseras, siempre jóvenes y de buen ver, que servían las bebidas y ofrecían botana de la casa: camarones al mojo y pescado frito. Eso sí: al Tito's no entraba cualquiera. Oficialmente, el bar abría a las dos de la tarde, pero desde las seis de la mañana, si uno se paraba afuera de la cortina cerrada, se alcanzaba a oír el estruendo de la música y la bulla de los clientes.

Porque al Tito's sólo entraba gente de confianza, los conocidos del dueño, que presumía de vender más de 20 cartones de cerveza solamente entre las siete de la mañana —hora en que los trabajadores nocturnos salen del muelle— y el mediodía. Había que ser conocido de Tito para poder ingresar al local y ganarse el derecho de codearse con los celadores de los almacenes, los jefes de estiba y los fayuqueros —traficantes de contrabando— que acudían allí para comprar y vender toda clase de mercancías.

Los negocios fuertes eran entre ellos, cuenta El Ojón. *Nosotros, la perrada, sólo hacíamos robo hormiga. Botellas de brandy español; tijeras y alicates de Brasil; herramientas, pericos y juegos de dados de Alemania; perfumes que sacábamos de los barcos israelíes; quesos y vinos de los franceses; Chianti de los barcos italianos. Eso cuando nos iba bien, si no, siempre quedaba el recurso de chingarse los cabos nuevos y los botes de pintura de los barcos petroleros, lo que fuera; todo menos cigarros, esos los marineros hasta nos los regalaban.*

En un muelle rústico e incipientemente tecnificado como era el de Veracruz en los años setenta, el robo de mercancías llegaba a convertirse en un verdadero arte que requería de la complicidad de los colegas, los jefes de estiba, los choferes de los transportes del sindicato y hasta del guachimán de las instalaciones.

Mira, cuando eran piezas sueltas estaba papa, aunque no dejaba mucho, cuenta El Ojón emocionado, con los puños cerrados y los codos flexionados frente a su cuerpo magro, como un chiquillo de ocho años contando una fabulosa travesura. *Yo me volví experto en chingarme las planas de bacalao noruego que traían los barcos europeos en diciembre. Agarraba yo y me ponía un pantalón y una camisola como cuatro tallas más grande, ¿no? Y entonces me enrollaba el bacalao en todo el cuerpo: en las pantorrillas, los muslos, el pecho, la espalda; hasta me hacía un pañal que me acomodaba debajo de las talegas, ¿no? El chiste era clavarse lo más que se podía y de ahí, cuando se acababa el turno, empezaba la repartidera de mordidas hasta la salida del muelle. Y luego a correr al Tito's porque la sal* del bacalao quemaba como su puta madre porque se mezclaba con el sudor y ardía hasta el fundillo.

Ahora bien, si se contaba con la posibilidad de hacerse de un botín sustancioso que pudiera repartirse entre varios compañeros, los empleados del muelle no dudaban en poner en marcha sus astutos planes. Los limitados medios técnicos de los que disponían se complementaban con el ingenio, el hambre y las ganas de chingar. Lo primero era incapacitar al guachimán del barco: había que aprovechar el cambio de turno, o de plano invitarle alcohol y marihuana hasta que el hombre quedara en calidad de bulto. Después había que extraer, de las entrañas del barco, la caja, el arcón o la estiba señalada previamente por los celadores, carga que, en ocasiones y dependiendo del contenido, podía llegar a pesar hasta más de tres toneladas. Para sacarla a escondidas de la bodega, regularmente era necesario ejecutar complicadas maniobras en las que intervenían docenas de cabos, poleas hechizas y hasta rodillos de madera que los estibadores introducían debajo de la mercancía para poder deslizarla a través de la cubierta. La mayor parte de los trabajadores portuarios de aquel entonces apenas habían concluido la educación primaria pero eran, por lo que El Ojón cuenta, expertos ingenieros en transas.

N'hombre, los golpes buenos eran los que daba la Policía Federal y los controladores. Ellos no se andaban con mamadas como nosotros; se chingaban enteritos los contenedores de 40 pies atascados de pomos, perfumes o quesos, y todavía lo hacen los hijos de la chingada, y hasta hay gente riquilla metida en eso. Ya sabes, güeritos que los domingos van con su familia al Café de la Parroquia, gente dizque bien que por acá salen en las páginas de sociales del periódico, abrazando un culo de ojos verdes, con sus hijos güeros y catrines, y por acá son unos malandros que hacen negocio con pura mercancía robada. Como piratas.

Le pido que hable más del asunto pero quizás mi mirada ansiosa lo intimida. Después de la quinta caguama, El Ojón tiene la vista nublada y su sonrisa parece más bien un puchero:

Yo no sé qué fue lo que le pasó al Cinturón del Vicio, dice. O, bueno, sí sé: después del golpazo que nos metieron con la requisa, cuando la Unión de Estibadores y Jornaleros del Puerto se disolvió por decreto de Salinas, el Cinturón del Vicio se fue pa'bajo. Nada volvió a ser lo mismo. Chingo de gente perdió su chamba, su hueso en el sindicato, y de chupar Napoleón etiqueta azul todos los días se volvieron franeleros y acabaron viviendo en la calle o pidiendo limosna afuera de los bancos, porque nunca ahorraron nada y el mundo entero se les vino abajo con la movida del pelón culero ese.

Yo comienzo a hablarle de las intenciones del gobierno municipal para rehabilitar el Centro Histórico del Puerto; de un nuevo paseo peatonal que podría reactivar de nueva cuenta la calle de Landero y Coss, después de la reubicación del Mercado de Pescaderías. Que las cortinas cerradas y polvosas de los locales vacíos se levantarán de nuevo y la salsa y el son montuno volverán a escucharse desde las aceras.

Pero El Ojón sacude la cabeza, incrédulo. Se ríe con burla al imaginar el centro de Veracruz lleno de terrazas y cafés "europeos".

Esos pinches españoles que son dueños de todo lo único que quieren es chingar al pueblo y que al centro se lo lleve la chingada. Quieren que el puerto se parezca a Miami o no sé qué pedo, pero yo te digo que uno de estos días el pueblo se va a cansar. En aquel entonces también vivíamos bien jodidos, pa' qué te miento, pero al menos vivíamos más contentos y teníamos dónde chingarnos nuestras chelas a toda madre y cotorrear sin que nadie nos hiciera de menos por ser obreros.

El Ojón golpea la mesa con la botella vacía. Todos nos quedamos un buen rato en silencio.

AQUÍ NO ES MIAMI

Corría el mes de enero y el viento del norte soplaba helado contra el rostro desnudo de Paco, mientras caminaba por la avenida Montesinos hacia la garita del muelle. Eran cerca de las nueve de la noche y la temperatura seguía bajando. Probablemente alcanzaría los 12 grados en la madrugada, había predicho su padre aquella misma tarde, así que Paco se colocó encima un suéter y dos camisolas antes de abandonar la casa: su sangre tropical sufría hasta con aquel ínfimo soplo de frente frío.

Compró dos tortas de cochinita pibil afuera de la garita de Morelos. Luego se empujó dos tacos en el puesto de doña Almeja: uno de papa con chorizo y otro de papa con *buebo*, como solía decir la mujer cuando servía los alimentos. Su turno empezaba a las 10 de la noche y terminaba a las seis de la mañana, pero Paco confiaba en que el mal tiempo haría que la terminal pospusiera las operaciones. A él de todos modos le pagarían, aunque sólo tuviera que chambear un par de horas.

El viento impedía la carga y descarga de pallets y contenedores pero no afectaba las labores de los obreros del muelle cuatro, especializados en la carga de automóviles de importación o exportación. Aquella noche, el trabajo de Paco y de sus compañeros de turno consistiría en armar y desarmar rampas de acero, arrastrarlas hacia las madrinas —esos camiones inmensos que transportan coches en sus vientres—, destrabar las bandas que sujetaban las llantas de los vehículos a las bodegas del buque y trincarlos de nuevo en las estructuras de los remolques.

Para su buena suerte, el supervisor había anunciado que sólo cargarían nueve madrinas y se les daría permiso de retirarse.

A lo mucho estamos saliendo de aquí a las 12, pronosticó uno de los obreros de la cuadrilla, un sujeto de vientre prominente y brazos tatuados desde las muñecas hasta los hombros, que apodaban El Burro.

Paco rara vez trabajaba los sábados por la noche pero tenía tantas deudas que había decidido chambear algunos turnos extras y así compensar sus derroches. Como era el más joven de la cuadrilla, le tocó chambear en la primera línea. Sus seis compañeros bromeaban y conversaban entre ellos entre trinca y trinca. Todos tenían el rostro enrojecido por el viento frío, pero ninguno se habría rebajado jamás a demostrarlo, mucho menos a usar gorros o guantes. Las manos callosas de aquellos hombres le sorprendían por su tosquedad y aspereza, y Paco se imaginó que algún día las suyas lucirían de aquel modo si no se apuraba a terminar la preparatoria, a estudiar una carrera y forjarse un futuro en el que no tuviera que depender de unas fuerzas que, año con año, irían menguando.

Y así, contentos y locuaces porque no tendrían que esperar el amanecer para poder escapar de aquella explanada gélida, los hombres cargaron ocho madrinas. La última, sin embargo, aún no había llegado a la terminal. *Viene retrasada*, les explicó el supervisor a gritos, para hacerse oír por encima del viento. Al operador de la novena madrina se le había ponchado una llanta en Tamarindo, a unos 80 kilómetros del puerto. Eran pasadas las 11 y el frío apretaba.

Los obreros decidieron sentarse en el suelo, pegados unos con otros para protegerse del aire húmedo y frío. No llevaban ni 15 minutos descansando cuando un resplandor de luces rojas y azules iluminó la oscuridad que envolvía al muelle dos.

Hay pedos, murmuró el Chiles, un señor canoso y barrigón, apodado así porque se apellidaba igual que una célebre marca local de chiles enlatados.

Una furgoneta de Migración y dos camionetas con las bateas ahítas de policías auxiliares avanzaban a toda prisa por la explanada y se detuvieron junto a un pequeño barco de carga amarrado en el muelle dos. Detrás de las camionetas venía una patrulla de la Policía Federal con la sirena encendida. Los agentes saltaron de las bateas con los rifles en ristre, algunos sujetando las correas de varios perros rastreadores, y abordaron el barco. Paco y sus compañeros apenas alcanzaban a ver, sobre la cubierta de la nave, las lucecitas de las linternas apuntando hacia todos lados.

Ese barco ha de venir hasta la madre de droga, supuso Paco. *Les han de haber encontrado las pacas...*

Pero no llegó a terminar la frase porque, en medio de gritos soeces, los policías volvieron al muelle acompañados de unas 20 personas, al parecer de raza negra: mujeres y hombres esqueléticos que lloraban y se frotaban los brazos desnudos y que pronto desaparecieron en el interior de la furgoneta de Migración. Algunos policías, extrañados de que los perros siguieran ladrando en dirección al agua, se pararon en el borde del muelle y apuntaron con sus linternas al espacio que se abría entre el casco de la embarcación y el borde de concreto del malecón, pero después de un rato también se marcharon.

Para cuando dieron las 12 de la noche, la explanada ya había vuelto a quedar desierta, y Paco y sus compañeros seguían esperando la llegada de la novena madrina. Sentados en el suelo les dieron la una, la una y media, y no fue hasta pasadas las dos de la mañana que los faros del último remolque emergieron de la negrura que reinaba en la terminal. Los obreros despacharon su trabajo en pocos minutos y caminaron hacia el supervisor para preguntarle si ya podían marcharse.

Espérenme, compañeros, replicó aquel, con la radio pegada a la boca, como si se la estuviera comiendo. *Ya estoy pidiendo la autorización. En una horita les resuelvo.*

Maldiciendo al hombre y a su progenitora, Paco y sus compañeros volvieron a posar sus traseros, para entonces yertos y doloridos, sobre el suelo de cemento. Se entretuvieron hablando de mujeres, de futbol, de métodos para ganar la lotería, de política y de religión, hasta volver al tema de las mujeres de nuevo. La mente de Paco divagaba, aburrida y hastiada, mientras contemplaba la negrura del mar a través del pasillo que se formaba entre las dos hileras de madrinas estacionadas. De pronto le pareció que había algo en aquel pasillo, una sombra que se deslizaba en el estrecho espacio y entornó los ojos para ver mejor. El corazón le dio un brinco en el pecho cuando alcanzó a distinguir la silueta de un hombre que corría hacia ellos. Paco se incorporó de golpe y los demás cesaron sus risas. Por un momento pensó que se trataba de un indigente, un drogadicto que había logrado burlar la seguridad del recinto portuario y que ahora se disponía a robarles, pero entonces vio que el hombre no se acercaba solo: lo seguía un puñado de sombras igualmente harapientas. Mientras sus compañeros se erguían a su lado, contó nueve hombres, nueve sujetos flacos y de piel negra, completamente empapados de agua y con largas heridas como latigazos sobre sus brazos y piernas.

Paco se adelantó, con los puños en alto, pero el intruso que iba hasta adelante, el más alto, le mostró las palmas de las manos y exclamó con un fuerte acento caribeño:

¡Mi hermano! ¡Ayúdame, mi hermano, por favor, te lo rogamos!

¿Quiénes son ustedes?, gritó Paco.

Somos dominicanos, dijo el hombre. *Por favor, ayúdanos, tenemos una semana sin comer.*

No nos delates, gemían los otros, en coro.

Iban descalzos y apestaban a diésel y agua salada. Eran todos jóvenes, secos de carnes pero fuertes, correosos. Debían serlo para haber aguantado más de dos horas prendidos con brazos y piernas a los pilares que sostenían el muelle, pensó Paco, horrorizado. Por eso los agentes de inmigración no los habían hallado: los viejos y las mujeres no pudieron escapar de las bodegas del barco y fueron apresados por los policías, pero aquellos nueve, los más aptos del grupo, los más desesperados, alcanzaron a saltar al agua y aferrarse a los pilares de concreto infestados de percebes, soportando el embate de las olas embravecidas y el frío que recorría el puerto en exhalaciones furibundas, hasta que los policías se marcharon.

Paco no podía creerlo. Otro dominicano suplicó:

Dinos que estamos en Miami, por favor...

A Paco se le escapó una risa nerviosa.

¿Miami? ¡No mamen, están en Veracruz!

Uno de ellos sollozó.

¿Qué tanto falta para Miami?

Falta un chingo, como tres días en barco, replicó Paco.

¿Y dónde estamos?, preguntó otro. *¿Dónde está Veracruz?*

Los negros comenzaron a lanzar miradas furtivas hacia el barco de carga de donde habían escapado, como tratando de pensar en la manera de volver a subirse.

Paco dibujó en el aire la curva del Golfo de México; señaló un punto intermedio.

Los rostros de los dominicanos se llenaron de congoja. Paco pensó que, de haber tenido líquidos suficientes en el cuerpo, se habrían puesto a chillar como críos.

¿Y por tierra, cómo llegamos a Miami?, preguntó el más alto, el que parecía el líder de los polizones, el que había hablado primero.

No tengo ni idea, respondió Paco. *Lo más lejos al norte que conozco es Poza Rica.*

Ayúdanos, hermano, por piedad, gimoteó otro.

Los nueve pares de ojos, enormes y amarillentos, miraban a los estibadores con aire suplicante.

Hay que meterlos al baño, dijo, por fin, El Burro. *Porque si los ven, van a valer verga.*

Los condujeron al sanitario de un almacén. Allá dentro, Paco sacó la última de sus tortas; sabía que no sería suficiente ni para aplacar el hambre de uno solo de ellos, pero los rostros consumidos y famélicos de aquellos pobres diablos lastimaban su conciencia.

El negro altísimo, el que actuaba como líder, cogió la torta con tanta desesperación que pareció que se la arrancaba a Paco, con todo y mano. Devoró la mitad de la torta de dos voraces mordiscos, y al ver la manera en que sus compañeros de infortunio lo miraban salivando, pasó el resto al negro que tenía más cerca, un tipo de ojos enrojecidos, vestido apenas con una camiseta y una trusa oscura, llena de agujeros. Otro de los obreros les llevó un balde lleno de agua fresca y los dominicanos se abalanzaron en pos del líquido; bebían con la desesperación de quien lleva semanas enteras en el mar sin ver más que la oscuridad de las bodegas, sin escuchar otra cosa más que el retumbar de las máquinas y el chillido de las ratas y los rezos de los otros polizones, que todo el viaje se la pasaron rogando que el capitán de aquel navío no fuera inglés o alemán, pues les habían advertido que algunos oficiales europeos tenían por costumbre arrojar a los polizones al mar, para evitarse trámites molestos al llegar a la costa.

Después de beber, los dominicanos procedieron a contar su historia en susurros. Eran 30 los que habían subido en Puerto Plata en aquel carguero que transportaba madera hasta Miami. Habían sobornado a un grupo de tripulantes para que los dejaran esconderse en las bodegas. Iban contando las paradas que les dijeron que el barco haría: Río Haina, Cristóbal, Veracruz, y se prepararon para desembarcar cuando creyeron que habían llegado a Estados Unidos, pero lo que ignoraban era que el barco se había detenido también en Kingston antes de bajar a Panamá.

Uno de los polizones que hasta entonces no había hablado, se acercó a Paco, lo tomó del brazo y lo apartó un par de metros del grupo. Tenía la cara cundida de piquetes de insecto.

Pana, tú tienes que ayudarme, tú no sabes lo que yo he sufrido. Tengo que llegar a Estados Unidos porque allá tengo una hermana, en Nueva York, que me está esperando...

Y le apretaba el brazo con su manaza, y le hablaba tan cerca que Paco pudo admirar a detalle la textura de las cicatrices que salpicaban su rostro. La piel del hombre no era negra, sino más bien del color del cuero bruñido, rojiza y aceitosa, y las marcas que lo cubrían eran de un tono marrón más claro.

Mi hermana me mandó una carta, diciéndome que allá están los tipos que mataron a mis padres. Tú no sabes lo que yo he sufrido, pana. Mi padre tenía deudas y lo mataron, los mataron a todos cuando mi hermana y yo íbamos por agua al río. Tú no sabes lo que es ver que están macheteando a tu papá, que están violando a tu mamá. Dejó escapar un gemido, con los dientes apretados. *La violaron y la mataron y yo sin poder hacer nada, escondido detrás de los matorrales.*

Son quemaduras de cigarrillo, se dio cuenta Paco, aturdido, sin poder quitar la mirada de las cicatrices que cubrían la cara del dominicano.

Mi hermana me escribió, me dijo "esos tipos están acá, en Nueva York", y yo nada más voy a eso; voy a matar a esos hijueputas, los voy a matar a machetazos como mataron a mi mai...

Paco no se atrevió a responder nada. El odio del polizón era tan intenso que de pronto tuvo miedo de proseguir el plan que habían urdido sus compañeros y los conductores de las madrinas, que aún aguardaban la orden de salida:

esconderían a los dominicanos dentro de las cabinas de las unidades para sacarlos del muelle y liberarlos en algún punto de la carretera. Aquel hombre estaba lleno de rencor, de determinación asesina, y nada ni nadie lo haría abandonar su propósito: sería capaz de asaltar y hasta matar para llegar a su destino, si no es que ya lo había hecho en el trayecto.

Uno de los compañeros de Paco, un hombre moreno, de cabello crespo y rostro garboso a quien apodaban Thalía, rescató a Paco de manos del dominicano cacarizo y lo condujo fuera del sanitario, hacia la explanada. El viento había arreciado y llevaba consigo el aroma a grasa quemada de los barcos.

Oye, Ojitos, no le vayas a dar tus datos a ese hijo de la chingada, le aconsejó Thalía, con su boca pegada a la oreja de Paco para que el viento no se robara sus palabras.

¿Cómo crees? Está bien zafado, respondió Paco. Tomó uno de los cigarros que Thalía le ofrecía pero no logró encenderlo. *¿Escuchaste lo que me contó? Quiere que lo ayudemos a salir, que porque tiene que llegar a Nueva York a matar a no sé quiénes...*

Thalía le palmeó el hombro.

Mira, que se los lleven los choferes y los boten allá por Puebla...

¿Pero cómo vamos a dejarlos entrar a México?, replicó Paco. *Tú no sabes si van a matar o a violar a alguien ahí afuera...*

A lo lejos, las madrinas encendieron sus motores. Una por una comenzaron a atravesar el portón de la garita.

Acuérdate de lo que dicen: hay veces que hasta el Diablo necesita un rezo...

Paco jamás había escuchado aquel dicho. Le pareció que el pinche Thalía se lo había inventado en aquel momento.

Del otro lado de la explanada, el supervisor les hizo señas para que se fueran.

Mientras caminaba por las calles aún dormidas, de regreso a su casa, Paco repasó los acontecimientos de la noche en su cabeza. Tardó un par de horas en llegar a su barrio a pie porque no le veía el caso a gastar en un taxi, y así, mientras caminaba con las manos metidas en los bolsillos de la camisola, el viento finalmente amainó y el amanecer comenzó a insinuarse en los vidrios de las ventanas. En el parque cercano a su casa, sobre un árbol seco, vio trinar a un pajarito, pero un cuervo reluciente descendió de una cornisa y lo atrapó al vuelo; luego se posó sobre la cabeza de una estatua del parque para desplumarlo vivo.

Asqueado, Paco se dobló para vomitar la torta, los tacos de doña Almeja, el medio litro de bilis que subía por su esófago, pero a pesar del asco y las arcadas, no devolvió nada: tenía la garganta completamente cerrada. Y mientras se secaba el sudor frío de la frente con los faldones de la camisola, se juró a sí mismo que aquel sería el último turno nocturno que trabajaría en su vida.

REINA, ESCLAVA O MUJER

Evangelina Segunda,
con belleza de Artemisa:
Venus te envidia iracunda
el candor de tu sonrisa.

Poema anónimo
publicado en el diario
El Dictamen, 1982

El centro de Veracruz está lleno de fantasmas, solía decir mi padre, cuando pasábamos frente al primer hogar que su familia habitó en Veracruz, recién llegados de Baja California: un lúgubre patio de vecindad, ahora en completo abandono, sobre la avenida 5 de Mayo. Como tantos otros edificios del Centro Histórico del puerto, esta cuartería en donde mi padre dio sus primeros pasos es hoy en día una ruina llena de escombros, hogar de dipsómanos y felinos sarnosos, espectros que penan entre la basura y la maleza y espantan de vez en cuando a las buenas conciencias del puerto, como alguna vez lo hicieron El Monje Decapitado o las ánimas de las mujeres violadas hasta la muerte por las huestes del pirata Lorencillo durante la Colonia. Fantasmas en harapos que duermen la mona en el suelo de los callejones; espantos de carne y hueso que asoman sus rostros tiznados por las celosías rotas de los balcones; sombras que, por caridad o por franca astucia, habitan los despojos de estas casonas edificadas con piedra de coral y argamasa, antiguas mansiones que ahora se desmoronan sobre las aceras causando víctimas mortales en días de viento, ante la indolencia de sus legítimos propietarios, caballeretes criollos que prefieren asistir al derrumbe de sus herencias que gastar dinero, tiempo e influencias en restaurar este patrimonio histórico.

Aunque no es ni de lejos tan antiguo como muchas de las casonas abandonadas que se desmigajan sin prisa en las calles del centro, el edificio de la Lotería Nacional, ubicado en la calle Independencia, forma parte de estos escenarios fantasmales: un laberinto de apartamentos y despachos distribuidos en seis pisos, y en donde aún habitan un puñado de ancianos que no han podido ser desalojados debido a las antiguas leyes de inquilinato: hombres y mujeres que viven a la luz de las velas, sin agua potable ni electricidad, y que cuentan historias de ruidos extraños en los corredores del edificio: canicas y pelotas que rebotan sobre pisos de habitaciones clausuradas; gritos y lamentos de las personas que perecieron en el incendio que arrasó el edificio a finales de los años setenta, o risas y pasos de niños pequeños, subiendo y bajando por las escaleras.

Miguel, jubilado: *Yo viví mucho tiempo en el edificio de la Lotería Nacional, arriba del local de Telas de México, ahí en Rayón e Independencia… Se llamaba así porque antes estaban ahí las oficinas de la Lotería, hasta que las quitaron cuando se quemó la bodega de Telas de México… Después del incendio nos salieron los dueños con la tarugada de que iban a remodelar los departamentos, pero en lugar de eso nos cortaron la luz y el agua y nos fueron corriendo a todos… Yo me resistí porque la verdad no me alcanzaba; quería seguir pagando renta congelada y por eso me aferré, pero luego me cansé de andar batallando… Y es que no me gustaba mucho vivir en ese edificio, la verdad... No sé si se haya dado cuenta usted cuando estuvo allá pero como que hay mala vibra, ¿no?... Como que uno no está a gusto en ese lugar, no sé cómo explicarlo... Luego de noche se escuchan cosas feas, como gritos, quejidos... Teníamos una vecina que ya falleció, doña Esa, que era muy sensible para esas cosas... Ella fue la que llegó a ver a los dos niños, a los hijos de Evangelina, jugando en las escaleras, muchos meses después de que se descubriera el crimen... Yo creo que fue por eso que los dueños dejaron que se cayera todo; a lo mejor querían que ya nadie se acordara de lo que había pasado en aquel departamento.*

El 7 de abril de 1989 se hizo pública una noticia que tenía como escenario el apartamento 501 del edificio de la Lotería Nacional: en un arranque de furia desproporcionada, una joven de 24 años de edad había dado muerte a sus dos pequeños hijos.

Por sí solo, el hecho habría proporcionado material suficiente para semanas enteras de chismorreo de café, antes de pasar al clemente olvido. Pero dos detalles del crimen ocasionaron que aquella noticia escapara del ámbito del diarismo sensacionalista para inscribirse en el de la leyenda popular: primero, que apenas seis años antes la acusada, Evangelina Tejera Bosada, había sido coronada como reina del Carnaval de Veracruz, una distinción que, incluso a la fecha, suele considerarse "la máxima aspiración" de cualquier muchacha de "buena familia" del puerto; y, segundo, que tras golpear repetidamente las cabezas de sus hijos contra el suelo, Tejera Bosada descuartizó sus cuerpos para enterrarlos en un macetón con el que luego decoró el balcón de su apartamento.

La noticia que consigna el arresto de Evangelina Tejera y el descubrimiento de los cuerpos de Jaime y Juan Miguel, de tres y dos años de edad, aparece por primera vez el viernes 7 de abril de 1989 en los principales periódicos de Veracruz. La leyenda popular inicia, en cambio, unos días antes, con un fétido olor que los vecinos del edificio de la Lotería Nacional supuestamente habían detectado desde mediados del mes de marzo; un hedor que sólo el joven de 19 años Juan Miguel Tejera Bosada, de visita en el apartamento de su hermana mayor, se atrevió a asociar a la injustificada ausencia de sus dos pequeños sobrinos.

En las primeras crónicas periodísticas, la joven mujer que los reporteros policiacos describen como pálida y cabizbaja, niega ser la responsable de la muerte de los niños. *Yo no maté a mis hijos,* declararía ante las autoridades. *Sólo los sepulté al morir. Mi madre dejó de ayudarme económicamente, por ello no tenía medios para su sustento.* Vestida con una playera de hombre y tenis sucios, Tejera Bosada le explicó al juez Carlos Rodríguez Moreno que su madre la había repudiado cuando se enteró de su primer embarazo, debido a que el padre del bebé era casado y tenía otra familia. El niño más pequeño, afirmó, era también hijo de este mismo sujeto, Mario de la Rosa Villanueva, pero como este se había negado a reconocerlos legalmente, Evangelina había registrado a los niños con sus apellidos de soltera. Ella no los había matado, aseguró vehementemente: las criaturas habían muerto de inanición y ella sólo había tratado de disponer de sus cuerpos: primero, en una pira de papeles que encendió en la sala y, más tarde, cuando esa primera estrategia falló, cortándoles las piernas con un cuchillo de cocina para que cupieran en una maceta oaxaqueña que su madre le había regalado meses antes.

José, periodista: *El juzgado estaba hasta la madre, lleno de funcionarios, de reporteros y de gente morbosa nomás esperando oír la confesión de la asesina... Ella apareció detrás de los barrotes; se veía bien jodida la pobre, así como encogida, toda desarreglada, vestida de falda y tenis y una playera blanca que le quedaba gigante, con el cabello rubio pero sucio y la barbilla sobre el pecho... En todo el tiempo que estuvo declarando jamás alzó la mirada, ni una vez pude verle los ojos. Era como si la gente le diera miedo; se agarraba así de la reja oxidada, le temblaban las manos... Su abogado, Pedro García Reyes —Pedro el Malo, como la caricatura, le decíamos, por malandro—, estaba sentado sobre el escritorio de una de las secretarias y fumaba como loco; se la pasó todo el tiempo gritándole de cosas a la fiscal Nohemí Quirasco, interrumpiendo su interrogatorio... A la mera hora la Evangelina dijo que ella no había matado a los niños, que ellos se habían muerto de hambre porque dizque no tenía dinero pa' comprarles comida y que no había dicho nada a su familia porque estaban peleados... Luego la fiscal le preguntó que por qué había enterrado los cuerpos en la maceta, y puta, que Evangelina se pone a temblar, y que dice: "Es que tenía miedo"... "¿Miedo a qué, o a quienes?" le preguntó la Quirasco, pero el prepotente soberbio de Pedro el Malo le objetó la pregunta, por intrascendente según él... Yo la neta sentí como que había chanchullo, como que estaban ocultando algo... Por eso cuando el juez mandó a que le hicieran todos aquellos estudios psiquiátricos de volada pensé que la iban a hacer pasar por loca, y como fue...*

Desde su primera comparecencia ante el juez, los reporteros se muestran suspicaces ante las declaraciones de Tejera Bosada, y advierten al público que el dictamen del médico legista del distrito, Gil Trujillo, había dictaminado que el deceso de Jaime y Juan Miguel se debía a una serie de traumatismos craneoencefálicos, y que los dos niños murieron con varios días de diferencia, siendo Juan Miguel el primero. Edgar Urrutia Hernández, reportero de la sección policiaca de *El Dictamen*, asegura en su nota del 7 de abril que Evangelina es *mitómana*, y que se sabe que *con frecuencia inventa historias o vive de fantasías,* mientras que Héctor Ramón López, corresponsal del *Diario de Xalapa,* describirá el suceso como *el caso más aberrante sucedido en la ciudad,* y constantemente recordará a los lectores el pasado de Evangelina como *exsoberana de las fiestas carnestolendas y hoy convertida en una esquizofrénica mujer, condenada por el incalificable doble crimen cometido en sus dos hijos.* Y si bien la propia acusada afirma, en esta primera declaración ante el juez, que hacía algún tiempo que se encontraba bajo tratamiento con el psiquiatra Camerino Vázquez, director de una pequeña clínica de salud mental en el puerto, la moral ultrajada de la sociedad, "espejeada" en las crónicas de los reporteros de nota roja, vería en estas declaraciones una mentira, una *argucia legal* para *evadir la acción de la justicia y evitar el castigo* por el *espeluznante crimen.* La fiscalía, señaló Urrutia en una crónica fechada el 8 de abril, demostró *flaqueza* a la hora de interrogar a la acusada durante su declaración, e igualmente *paternalista* había sido la actuación del juez Carlos Rodríguez Moreno, al expresar en plena diligencia la sospecha de que Tejera Bosada podría sufrir trastornos mentales, lo que sentaba un precedente para que la acusada y su defensa pudieran *inclinar el caso hacia sus intereses* ante la falta de *rigidez con que la justicia debería actuar.* E igualmente convencidos de que la sociedad no se conformaría sino con el castigo más severo posible, un grupo de abogados del puerto, encabezados por el expresidente municipal Jorge Reyes Peralta, acudieron al Ministerio Público el lunes siguiente de la detención de Tejera Bosada para solicitar las facultades legales que les permitieran coadyuvar como fiscales y de esta manera intervenir legalmente en el proceso contra Evangelina Tejera, y así evitar que la acusada evadiera la justicia al *fingir demencia.* Reyes Peralta —en la actualidad dueño de uno de los despachos legales más poderosos del puerto de Veracruz— declararía ante la prensa que estaba completamente convencido de que Tejera Bosada había actuado *con inaudita crueldad hasta dar muerte a sus dos menores hijos, tan sólo con el propósito de causar grave deterioro moral al padre de estas dos criaturas a las que ella frecuentemente maltrata sin piedad.*

Los rumores de que Evangelina Tejera padecía desde hacía tiempo problemas mentales cuyos síntomas incluían incontrolables estallidos de rabia y depresiones, y el hecho de que su situación sentimental con Mario de la Rosa fuera tan complicada, aunado a la sospecha del consumo de drogas[1], no sirvieron para atenuar las circunstancias del crimen, sino al contrario: fueron vistos como elementos agravantes, evidencia del cinismo con el que la mala mujer trataba de escapar de la justicia para proseguir una vida dedicada a la perdición y el vicio.

Pero, ¿quién era realmente Evangelina Tejera Bosada, la mujer a la que apenas seis años antes el pueblo veracruzano había aclamado como soberana de oropel, y a la que ahora acusaban de un crimen *incalificable*? ¿Cómo era posible que aquella bella muchacha rubia, hacía poco distinguida con el "máximo honor" al que una joven soltera podía aspirar en el puerto, se hubiera convertido en el guiñapo de ojos vacuos que aparecía en las páginas de la nota roja?

---

[1] Sobre todo cocaína, una droga que a partir de los años ochenta comienza a comercializarse en Veracruz a precios cada vez más asequibles. No es casualidad que, el mismo día en que *El Dictamen* anuncia el crimen de Tejera Bosada (7 de abril de 1989), la segunda nota más importante de la sección policiaca sea el decomiso de 84 kilos de este alcaloide, en un camión proveniente de Guatemala: *Nunca antes en la historia de Veracruz se había decomisado tanta cocaína como la que se ha logrado interceptar a últimas fechas en la región,* declaró un funcionario federal.

Tomasa, comerciante: *Sí, era guapa, hasta parecía gringa. Tenía los ojos verdes y la piel muy blanca... Tuvo novios desde chica; había uno que hasta le pegaba, pero es que ella era medio loca, ¿sabe?... Desde los 15 años fue adicta a la mariguana pero se descaró después de haber sido reina del Carnaval, con tantas fiestas a las que iba, en las discotecas de moda y con la gente de dinero... Dicen que se juntaba con puros juniors para drogarse, un montón de hijos de papi que se metían coca y luego andaban haciendo locuras en sus carrazos; luego hasta mataban gente pero nadie les hacía nada porque la policía estaba nomás para protegerlos... Como el tal Picho Malpica, que mató a la hija del Polo Hoyos nomás porque la muchacha ya no quiso ser su novia; o como Miguel Kayser, que vendía coca en los palenques... Dicen que él era el que le vendía la droga, a ella y al tal De la Rosa, el papá de los dos niños de Evangelina, y que era en el departamento de la Lotería donde ellos vendían coca y mariguana a otros drogadictos, y hacían orgías... Y que en una de esas, ella se volvió loca de un pasón y mató a los dos escuincles...*

Nacida en 1965 de una madre dedicada al hogar —cuyo nombre no aparece en ningún documento consultado— y de Jaime Tejera Suárez, un agente de ventas, las murmuraciones colocan a Evangelina Tejera en el corazón de un hogar en donde la violencia verbal y física son la norma, por lo menos hasta que el matrimonio de sus padres se disuelve. Presionada entonces por su madre y por una crisis económica que se recrudece al iniciar la década de los ochenta, la adolescente Evagelina se ve obligada a abandonar sus estudios sin haber terminado la escuela secundaria y consigue empleo como secretaria en un despacho comercial del centro. La relación de Tejera Bosada con su padre se estrecha cuando la madre contrae segundas nupcias: será él quien la apoyará para lanzarse como candidata a reina del Carnaval de 1983, y, según las crónicas de sociales de febrero de ese mismo año, sólo él asistirá *emocionado* a *la coronación de su bella hija*.

En el puerto de Veracruz, la elección de la reina del Carnaval depende más del estatus socioeconómico de la candidata que de sus atributos físicos. La reina es seleccionada de entre un grupo de aspirantes en función de su poder adquisitivo, pues la candidata que gana el trono es aquella que obtuvo la mayor cantidad de votos, los cuales son adquiridos con dinero en efectivo al comité organizador del festejo. En el contexto de la crisis de los años ochenta, el que Tejera Bosada ganara la corona del Carnaval necesariamente implicaba que su familia (o por lo menos su padre) contaba con el apoyo de una red de contactos dispuestos a aportar dinero para la adquisición de los votos y de su ajuar de reina, pero las crónicas sociales de la época ignoran estos groseros detalles por completo, prefiriendo en cambio enaltecer la gracia y encanto de Evangelina, la *bella rubia* (*Su Majestad tiene 18 años, juega al tenis, le encanta la música moderna y toca el piano*, afirma el perfil de la nueva reina publicado en las páginas de *El Dictamen*) y la alegre disposición a la parranda de la *bella rubia* elegida para representar *la alegría del pueblo jarocho* en *un reinado de fantasía e ilusión*. La realidad de la violencia que invariablemente tiene lugar en las calles del puerto durante las fiestas de Carnaval —los asaltos, el acoso y el abuso sexual, la embriaguez pública y las lesiones que a menudo desembocan en la muerte— así como la fealdad de un Veracruz invadido por hordas que el escritor local Ignacio García compara, en un artículo editorial de la época, con *los gitanos harapientos de Melquíades llegando a un Macondo enlodado*, son minimizados por los medios de comunicación, quienes prefieren exaltar *los hermosos adornos* y *las luces multicolores* de la fiesta, así como *el júbilo popular* de un pueblo caracterizado por *su estupendo buen humor y su forma burlesca de enjuiciar los acontecimientos, sin que le importe la crisis, ni la baja del precio del petróleo, ni nada que ensombrezca la vida,* en palabras del periodista Alfonso Valencia Ríos. El Carnaval, para este representante del diarismo oficialista del puerto, hace al pueblo *olvidarse de la crisis económica que corroe al país, de la ausencia de divisas y de la bárbara inflación que pulveriza los salarios,* entregándolo en cambio *al deleite de un desfile maravilloso de carros alegóricos, comparsas y disfraces,* que fuera *exponente de la gracia, la belleza, el ingenio, el sarcasmo y la creatividad* de los jarochos.

Y es justo en el apogeo de esta fiesta delirante —esta bacanal durante la cual se intenta ignorar y hasta ocultar la realidad bajo el confeti, el oropel y el consumo de bebidas alcohólicas— donde la mítica porteña ve el inicio de la decadencia de Evangelina Tejera Bosada. De baile en baile, en el círculo de los poderosos y los adinerados, Evangelina celebra, bebe, fuma y, muy posiblemente, consume drogas para aguantar el ritmo de la fiesta, la que apenas comienza cuando los desfiles terminan y el traje de gala que imita la moda decimonónica del imperio austro-húngaro es remplazado por blusas y jeans a la moda. En sus escapadas a los centros nocturnos, en los desfiles interminables por la costera del puerto, en los eventos sociales donde debe bailar con quien se lo pida, Evangelina resplandece y enamora: al público enardecido por la cerveza y la suculencia de las sambistas importadas de Brasil y Cuba; a los "hijos de papi" —la prole de los dueños de las agencias aduanales, de los hoteles y restaurantes del puerto, y de los altos funcionarios de las administraciones gubernamentales— que antes de su coronación la despreciaban; a los hombres maduros que chulean el color de sus ojos; e incluso a los poetas de periódico, que le dedican inspirados versos en los suplementos dominicales:

Evangelina Segunda
con belleza de Artemisa;

Venus te envidia iracunda
el candor de tu sonrisa

Veracruz se vuelca entera
en la algabaría más fina;
ante la sonrisa austera
de la bella Evangelina

Al mirar las fotografías de esta Evangelina triunfal —cabellos peinados en lo alto, collares y pulseras de fantasía, olanes blancos y plateados, plumas en el tocado y lentejuelas en el vestido—, y después las imágenes de la mujer quebrada y cabizbaja que se publicarán seis años más tarde —ya no en las páginas de la prensa rosa sino en la sección policiaca, entre los bandidos y los lacras— es imposible contenerse de buscar pistas de la perturbación que se gestaba detrás de aquel rostro radiante: ¿es un dejo de picardía malévola, quizás, lo que brilla en los ojos de la reina? ¿No luce acaso algo agotada, tirante incluso, la sonrisa perpetuamente congelada en su rostro? ¿No es cruel la indiferencia con la que evita mirar hacia la lente del fotógrafo? Sentada en un trono de cartón piedra, mientras sus súbditos de pacotilla la claman entre burlas, obsenidades y risas, ¿habría llegado Evangelina a intuir en algún momento lo que el futuro le deparaba? ¿Acaso pensaba ya en Mario de la Rosa mientras *la voz increíble* de Dulce, *la intérprete del momento*, entonaba en vivo aquella balada que se convertiría —junto con otros éxitos del compositor Rafel Pérez Botija interpretados por José José y Rocío Durcal— en el himno de la codependencia y la minusvalía emocional, el *Zeitgeist* de los años ochenta?

Seré tu amante o lo que tenga que ser
Seré lo que me pidas tú

Amor, lo digo muy de veras
Haz conmigo lo que quieras
Reina, esclava o mujer
Pero déjame volver, volver contigo

El mismo lunes 10 de abril de 1989, después de la presentación de Evangelina Tejera Bosada ante el juez Rodríguez Moreno y al cumplirse el plazo legal tras su detención, el magistrado firma un auto de formal prisión en contra de la acusada. *La mujer que dio muerte a sus hijos por primera vez lloró al conocer su real situación jurídica,* escribiría el corresponsal del *Diario de Xalapa,* regodeándose en el sufrimiento de la mujer, en la agitación y el nerviosismo que sus "fuentes informadas" achacan al síndrome de abstinencia que supuestamente Evangelina habría comenzado a experimentar por la falta de drogas. J. P. de León, reportero de *El Dictámen,* calificaría el criterio detrás de la decisión de juez como *profundo y bien cimentado,* pues el auto de formal prisión dificultaría que la defensa de la acusada pudiera invocar el Artículo 418 del entonces vigente Código de Procedimientos Penales de Veracruz, el cual —con un lenguaje que no conocía aún la menor corrección política— permitía la cancelación de todo proceso penal *tan pronto se sospeche que el inculpado está loco, idiota, imbécil o sufra cualquier otra debilidad, enfermedad o anomalías mentales.* La opinión pública se debatía entre varias conjeturas: que Evangelina Tejera se había deshecho de sus hijos porque le estorbaban, o que había llevado a cabo el crimen en un arranque de celos al enterarse de que De la Rosa tenía una nueva amante, y que ahora trataba de hacerse pasar por loca para evitar la cárcel. También estaban los que afirmaban que Tejera Bosada necesariamente había sufrido alguna especie de brote psicótico, causado por su consumo de drogas, o los pocos que se rehusaban a creer que la joven madre hubiera sido capaz de realizar un acto tan atroz y que sugerían que la muerte de los niños podría deberse a una venganza. Por último, no faltaban los rumores que sugerían que la antigua reina del Carnaval formaba parte de una secta "narcosatánica", tal vez por la manera tan cruenta en que los niños Jaime y Juan Miguel fueron muertos y mutilados, o tal vez simplemente porque era el tema de moda: en el mes de mayo de 1983, todos los periódicos del país consignarían la detención de la banda de "Los Narcosatánicos" y la muerte de su líder, Adolfo de Jesús Constanzo, alias *El Padrino*, acusado de liderar una suerte de grupo criminal que a su vez era una secta santera y que no sólo se dedicaba al tráfico de drogas entre México y los Estados Uninos, sino que además se le acusaba de haber secuestrado, violado y asesinado de manera ritual a por lo menos 15 personas.

Pocos días después de la reclusión de Tejera Bosada en una celda de seguridad del penal Ignacio Allende, bajo una estricta supervisión, el juez Rodríguez Moreno da la orden de conformar un consejo médico encargado de examinar a la acusada para confirmar o descartar la existencia de alguna perturbación psíquica que pudiera hacerla ininputable. Después de examinarla, los expertos consultados concluyen que Evangelina Tejera muestra signos de *trastorno antisocial de la personalidad, cleptomanía y brote psicótico agudo*, y aunque descartan epilepsia del lóbulo frontal, recomiendan al juez que la acusada sea sometida a exámenes psiquiátricos y neurológicos especializados. Los doctores David Reyes y Alberto Miranda son designados para llevar a cabo las primeras pruebas neurológicas, que inician el 18 de mayo en el Hospital General del puerto y que concluyen cerca de dos meses después con resultados desalentadores para la defensa: los trastornos de conducta de Evangelina no son resultado de ninguna clase de patología del encéfalo ni del sistema endócrino.

No está claro qué sucede después de efectuarse estos dos diagnósticos: la prensa guarda silencio el resto del año sobre el destino de Evangelina Tejera y es necesario acudir a los documentos del proceso penal para conocer lo que sucedió a continuación: el 7 de marzo de 1990, casi un año después del descubrimiento del crimen, el juez Rodríguez Moreno reconoce la incapacidad mental de la acusada y dispone su reclusión en el Hospital Psiquiátrico de Orizaba *por todo el tiempo necesario para lograr la recuperación de su salud mental.* El tratamiento parece funcionar, y tres años después, el 16 de noviembre de 1993, el doctor Gregorio Pérez dictamina la total rehabilitación mental de Tejera Bosada.

Pero esta no logrará disfrutar mucho de su nueva libertad, casi nada en realidad, pues el mismo día en que es dada de alta, a las puertas del hospital, un grupo de agentes judiciales la detienen con una nueva orden de aprehensión y la conducen de regreso al penal Allende en Veracruz para reactivar el juicio por homicidio calificado en contra de sus dos hijos. La sociedad —especialmente el grupo de abogados comandado por Reyes Peralta— no está aún dispuesta a olvidar el crimen, y es así como, tres años después de reiniciado el proceso, el juez Samuel Baizabal Maldonado condena a Evangelina a 28 años de prisión y 35 pesos de multa.

A través de varios defensores de oficio, Tejera Bosada hará todo lo posible por apelar y ampararse de esta nueva resolución, aduciendo la violación sus garantías individuales al estarla juzgando dos veces por el mismo delito, pero todos y cada uno de sus intentos de defensa fracasarán. Para la Justicia de la Unión, el procedimiento bajo el cual se reanudó el proceso legal tan pronto Tejera Bosada fue dada de alta del psiquiátrico fue perfectamente legal, ya que las pruebas presentadas por la fiscalía demostraban *con suficiencia* que la enfermedad mental que la aquejaba no había hecho aparición sino *después* de haber cometido el crimen. Según los jueces que revisaron la controversia, la sentencia de 28 años de prisión impuesta por Baizabal Maldonado en 1996 era justa e inapelable, pues se había probado plenamente que Evangelina Tejera —al golpear a sus hijos contra el suelo y las paredes de su sala y posteriormente descuartizar sus cuerpos, enterrarlos en una maceta, colocar esta en el balcón a la vista de medio Veracruz y pasearse desnuda durante varios días frente a las ventanas del apartamento de la Lotería Nacional— procedió en todo momento *bajo plenitud de control de su mecanismo razonador.*

Daniel, proxeneta: *Yo no creo que haya matado a los chamacos... Ella no era para nada una persona violenta... Era desmadrosa, sí, y atascada; le gustaban mucho las drogas, la mota y la coca, pero no estaba demente... Yo al principio sí pensé que los había matado porque había veces que yo sentía que los chamacos le estorbaban a la hora de echar desmadre, pero luego me dije que no, que ella no hubiera sido capaz de hacer eso, y menos de cortarlos en pedazos... Yo iba mucho para ese departamento; ahí nos juntábamos para cotorrear... El Mario, el Kayser, el Guillo, el Tiburcio, el Picho, el Cara de León; caía la flota y había de todo... N'hombre, un perico mundial, del de antes, no de las cochinadas que venden ahora. Una coca que venía como en escamas, como en cristales y que costaba como mil pesos el gramo en aquel entonces, pero te ponía turbo... Siempre había gente en ese departamento, metiéndose chingaderas, chupando, bailando... Y los niños, pus en el cuarto, ¿no?... Sí los llegué a ver una que otra vez; eran güeritos los dos, como ella... Yo creo que Evangelina se volvió loca después, por haber tenido que aguantar lo que vivió... Yo creo que fueron los narcos los que mataron a los chamacos, en venganza, porque ella y el pendejo aquel de De la Rosa se metieron toda la coca y se gastaron el dinero... Yo creo que por eso ella nunca confesó nada, pero tampoco dijo quién había sido. Porque prefirió vivir con ese estigma a que también la mataran a ella los narcos. Y por eso se juntó con el Zeta aquel dentro del bote, para protegerse de sus enemigos...*

El caso de Evangelina no volverá a mencionarse en la prensa sino hasta 10 años de su sentencia definitiva, en 2007. Su nombre será asociado al de un personaje a la vez temido y admirado por los cronistas de nota roja de inicios del siglo XXI: Oscar Sentíes Alfonsín, conocido también como el *Güero Valli*. Originario de Cosamaloapan y detenido en varias ocasiones por robo calificado, posesión ilegal de armas y delitos contra la salud, Sentíes Alfonsín es considerado un reo peligroso, sospechoso de ser el principal proveedor de droga al interior de las cárceles veracruzanas y también, según las columnas policíacas de Lourdes López, César Augusto Vázquez Chagoya y Miguel Ángel López Velasco, de ser la nueva pareja sentimental de Evangelina Tejera, a quien conoció en el penal de Pacho Viejo, Perote, cuando ambos fueron transferidos a esta prisión: Evangelina por los constantes conflictos que generaba entre la población de presas en el penal Allende de Veracruz, y Sentíes Alfonsín por organizar varios motines en el penal de Villa Aldama. Por su reincidente mal comportamiento, las autoridades castigan al *Güero Valli* con el "carrusel" —la transferencia constante de presidios—, estrategia que supuestamente evita o dificulta la adquisión de "privilegios" dentro de las cárceles. Cuando al *Güero Valli* lo transfieren de Perote a Amatlán, Evangelina Tejera lo acompaña, y en mayo de 2008 ambos forman parte de la "cuerda" de reos enviada a estrenar el nuevo penal de Coatzacoalcos. El mero día de la inauguración, según relata el periodista Miguel Ángel López Velasco —quien solía firmar sus columnas con el seudónimo de *Milo Vela*, hasta que fue asesinado en junio del 2011, supuestamente por miembros de la delincuencia organizada—, Sentíes Alfonsín se entrevista con el entonces director de Readaptación Social del Estado, Zeferino Tejeda Uscanga, para "promover" la liberación anticipada de "su mujer", quien acababa de cumplir la mitad de su sentencia. Para entonces ya era un secreto a voces que los penales de la entidad veracruzana están controlados, desde sus mismas entrañas, por el grupo delictivo de Los Zetas, recién separados del Cártel del Golfo: son ellos quienes proveen de drogas a los reclusorios, y quienes garantizan la concesión de privilegios, como los que Evangelina Tejera requería para seguir habitando en el penal de Coatzacoalcos con Sentíes Alfonsín, a pesar de haber conseguido ya su liberación anticipada por buena conducta, al menos hasta la muerte de su pareja, ocurrida en octubre de 2008, cuando Sentíes Alfonsín es apuñalado hasta la muerte por otro reo con quien se hallaba encerrado en una celda de castigo, supuestamente por haber tratado de organizar otro motín.

Todo delito debe servirle a la sociedad, señala Michel Foucault en su ensayo *Yo, Pierre Rivière*, pues un crimen gratuito, sin móvil alguno, resulta inimaginable para una comunidad que debe entonces recurrir a la formulación de causas únicas y singulares, eludiendo la reflexión sobre las circunstancias estructurales que rodean y atraviesan el crimen (en el caso de Tejera Bosada: la crisis económica, la violencia machista, la desintegración familiar, el fracaso del sistema de seguridad social y de protección de la infancia en México, etcétera) y pasando por alto la similitud de dicho crimen con otros casos de la misma época.

Siempre me ha parecido inquietante la contigüidad que existe entre la crónica de sociales y la nota roja, no sólo porque estas dos secciones suelen aparecer juntas en los diarios del puerto (a menudo en caras opuestas del mismo pliego, como espejeándose), sino porque ambos géneros suelen presentar los asuntos de su "literatura" como sucesos excepcionales, únicos e irrepetibles: la ascensión de una joven al estatuto de reina, emblema viviente de la alegría, la lozanía y la fecundidad de un pueblo, y su posterior envilecimiento como filicida, villana mítica, bruja de cuento de hadas en cuyo nombre se exhorta a los niños jarochos a obedecer a sus madres y comer todas sus verduras, si no quieren que *Evangelina venga a castigarlos*. Arquetipos opuestos pero complementarios, máscaras que deshumanizan a mujeres de carne y hueso, y que funcionan como pantallas en donde se proyectan los deseos, los temores y las ansiedades de una sociedad que se pretende un enclave de sensualismo tropical pero que en el fondo es profundamente conservadora, clasista y misógina.

A un cuarto de siglo del doble homicidio que sacudió a la sociedad veracruzana, se desconoce el paradero de la rubia Evangelina. Unas versiones afirman que regresó al puerto de Veracruz y que vive recluida en una cuartería miserable del centro, ahora obesa, enferma y por completo enloquecida. Otros rumores señalan que trabaja como empleada en el negocio de algún familiar: que atiende una óptica, dicen unos; o un laboratorio de análisis, o una clínica veterinaria, según otras versiones. Hay quienes afirman haberla visto en lujosos hoteles de la Riviera Maya, esbelta y enjoyada, del brazo de capos de "la última letra", a quienes supuestamente habría de recurrir en busca de protección tras el asesinato del *Güero Valli*.

Y mientras la leyenda de su crimen continúa contándose en susurros, aún hoy en día es posible caminar hasta el inicio de la avenida Independencia, plantarse en contraesquina del callejón Ocampo, alzar la vista hacia la cara poniente del edificio de la Lotería y buscar con la mirada el balcón del departamento 501. Quizás la multitud de transeúntes que atesta siempre esta avenida le impedirá al curioso quedarse ahí plantado por mucho tiempo, pero, con un poco de suerte, alcanzará a vislumbrar la luz amarilla que en ciertas noches, por espacio de unas pocas horas, se enciende en el interior del apartamento, y tal vez un terrible presentimiento atravesará su mente: que al igual que sus hijos, la antigua reina de carnaval condenada por homicidio, Evangelina Tejera, ha sido obligada a convertirse en un fantasma.

UNA CÁRCEL DE PELÍCULA

El traslado inició a las dos de la mañana, en medio de un norte furibundo. Algunos presos ni siquiera alcanzaron a vestirse por completo cuando los agentes federales irrumpieron en las crujías. A golpes y patadas los obligaron a formarse en los corredores, a cubrirse el rostro con los brazos desnudos, a desfilar frente a una valla de soldados que amenazaban con dispararles si se atrevían a alzar la mirada para buscar a sus familiares entre el griterío.

Tiritaban; algunos pensaban en la "bienvenida" que recibirían al llegar a su destino. Otros fueron más precavidos; habían logrado hacer "arreglos" en las prisiones en donde los reubicarían, pues desde mediados de diciembre se decía que el penal sería vaciado para emplear sus instalaciones como set de una nueva película de Mel Gibson, rumor que las autoridades negaron en su momento, incluso cuando la declaratoria de inhabilitación del penal Allende ya había sido publicada oficialmente en la gaceta del estado.

En autobuses rentados y escoltados por *hummers* del Ejército partieron cerca de mil presos con destino a otros penales del estado. La puertas de Allende quedaron abiertas y a su alrededor se apiñaron decenas de mujeres que esperaban a que amaneciera para indagar la suerte de sus familiares.

A Rodrigo lo mandaron al penal recién vaciado para husmear en las crujías y fotografiar los grafitis que los presos dejaron sobre los muros. Las ratas se paseaban a sus anchas por los pasillos e incluso correteaban a los empleados de limpia pública que se atrevían a ahuyentarlas.

Cuando recuerda el aspecto del lugar y las sensaciones que este le produjo, Rodrigo frunce las narices como si aún sintiera la peste.

Era un cochinero; no sé cómo podía vivir tanta gente ahí adentro, cómo podían comer en esos puestos que anunciaban "ricos tacos" si era un asco. Nada más salías al patio y te encontrabas con una especie de mercado de pesadilla, todo hecho de madera podrida, todo lleno de moscas y cucarachas, apestando a drenaje y creolina.

De las celdas y las crujías, cuadrillas de empleados de limpia pública y policías sacaron cientos de colchones y jergones mugrientos, trapos, bolsas llenas de ropa, botellas de plástico y toda clase de basura y deshechos, con los que formaron una enorme montaña en uno de los patios de la prisión; un cerro de desperdicios que aparecería en varias de las escenas de la película protagonizada por Gibson, lo mismo que los locales y tinglados que se alzaban en el patio principal de la prisión, en donde originalmente se habían vendido alimentos y ofrecido toda clase de servicios. El ámbito en donde hasta entonces se había desarrollado la vida cotidiana de aquel millar de presos —sus celdas, talleres, sanitarios y cocinas— acabó convertido en una suerte de escenografía hiperrealista de la que la producción de la película *How I spend my summer vacations* (*Cómo pasé mis vacaciones de verano*) se sirvió para simular el interior del Centro de Readaptación Social de Tijuana, también conocido como El Pueblito, en donde los guionistas de la película habían situado la historia.

Pero Rodrigo vio cómo los policías no sacaban sólo la basura: también vio que se llevaban televisores, ventiladores, grabadoras y hasta la maquinaria industrial empleada por los presos para el ejercicio de sus oficios. Vio también señoras que lloraban, con sus facturas en la mano, porque los aparatos que aún no acababan de pagar no aparecerían en las celdas de sus parientes.

Hablé con el delegado de Readaptación Social, le pregunté si habían cerrado el penal para hacer la película de Gibson y me dijo que no, que se estaba cerrando por motivos de salubridad, que era pura coincidencia que el traslado y el inicio de la filmación de la película se dieran casi al mismo tiempo.

Una semana después, el 13 de enero de 2010, cuando presidía un evento del Colegio de Abogados del puerto, el gobernador Fidel Herrera Beltrán divulgó que bandas del crimen organizado se habían apropiado del penal Allende y que planeaban llevar a cabo un motín donde varios reos serían degollados y decapitados, a la usanza del grupo delictivo de Los Zetas. Aunque el mandatario nunca aclaró a qué grupo delictivo se refería, insinuó que el asunto estaba ligado a la muerte de Braulio Arellano alias *El Gonzo* o *El Z-20*, fundador del cártel de los Zetas y asesinado pocas semanas atrás, en noviembre de 2009, en Soledad de Doblado, un poblado cercano al puerto de Veracruz.

A pesar de las protestas (el diputado panista Sergio Vaca, por ejemplo, calificó el desalojo como un "fidelazo" más y afirmó que *se crucificaría desnudo* si llegaban a vender el edificio), el penal deshabilitado fue "prestado" a Mel Gibson para que en él se llevara a cabo buena parte de la filmación de la película que él mismo estelarizaba y coproducía, bajo la dirección de Adrian Grunberg. La cinta, finalmente intitulada *Get the Gringo* (*Atrapen al gringo*), fue lanzada en video y televisión a la carta en los Estados Unidos en 2012, y estrenada en algunos países de Latinoamérica, Europa y Asia, con buenas reseñas.

Ni Gibson ni el gobierno de Veracruz han divulgado si efectivamente existió un pago por la "renta" del penal Ignacio Allende, o a qué cantidad ascendió este. Y cuando se le preguntó a Próspero Rebolledo, entonces director general de Cinematografía de Veracruz, si la reubicación de los reos había obedecido a una exigencia del actor y director australiano, el funcionario lo negó todo y aseguró que el desalojo del penal y la filmación de la película habían sucedido casi al mismo tiempo *por pura coincidencia*.

A finales de marzo de 2010, Lalo andaba de vacaciones y se fue a hacer *casting* para la película de Mel Gibson. Sabía que buscaban gente morena, con tatuajes y que hubieran estado en prisión; Lalo sólo cumplía con el primer requisito pero aun así logró quedar entre los seleccionados: después de cinco horas de cola, una mujer lo entrevistó y le dijo que se presentara en el penal el 29 de abril a las cinco de la tarde, pues saldría de extra en la película a cambio de 400 pesos.

Cuando acudió al llamado, se enteró de que le tocaría hacer de "civil". Entre los extras había también "policías", "soldados", "reos" y "reporteros". Un amigo suyo, Eliseo, actuaría como "reo": había estado "guardado" en Allende un par de semanas por robar tubería de cobre y esa experiencia le garantizó la chamba. Lalo lo reconoció entre los extras que aguardaban el ingreso al penal y se acercó a él. Lo notó nervioso. Al traspasar el enorme portón principal de la prisión, Eliseo le confesó: *Chale, loco, estoy que me lleva la madre. Yo ya estuve aquí y no quiero volver a entrar... ¿Qué tal si ahora no salgo?*

Eliseo le señalaba a los extras con los que también había estado preso pero que, como él, ya habían salido, y le mostró también otros que supuestamente aún tendrían que haber estado tras las rejas. Todos eran chavos y flacos y llevaban las greñas mal crecidas y los ojos irritados de los mariguanos. Eliseo le señaló a un chico cubierto de tatuajes y le dijo: *A ese cuate le dicen El Diablo; no tiene ni 20 y ya mató como a cinco. Le han de haber dado chance de quedarse a trabajar en la película; Mel quiere todo realista.* Lalo sintió miedo. Se puso a hablar con una gordita vestida de policía que resultó ser una agente verdadera. La muchacha, ya entrada en confianza, le contó que, hasta hacía pocas horas, ella se encontraba acuartelada con varias decenas de compañeros en Xalapa. Sus superiores les dijeron que los mandarían a un "operativo especial", y no fue hasta que ella y sus compañeros se bajaron del autobús que se enteraron de que participarían como extras en la película de Gibson.

Lalo miraba a su alrededor. Entre risas nerviosas, mientras el cielo se oscurecía, se dio cuenta de que ya no era tan fácil distinguir quién era quién: quiénes eran los criminales verdaderos y quiénes los policías, y quiénes nomás estaban disfrazados.

Pasadas las seis de la tarde, el rodaje dio inicio. Los encargados de la producción reunieron a todos los extras en el patio principal de la prisión y les comunicaron que esa tarde iban a escenificar un motín. Las instrucciones eran actuar como si aquel fuera "un día de visita normal" y tirarse al piso en cuanto escucharan disparos. Estuvieron haciendo eso hasta las tres de la mañana; Lalo tenía ya la panza colorada de tanto rodar por el suelo de cemento. El equipo de filmación los dividió: a unos (como a Lalo) les tocó simular que jugaban una "cascarita" en el patio del penal, mientras que a la otra mitad le tocó correr por las calles aledañas mientras los filmaban desde un helicóptero.

Cuando el cielo se aclaró, el equipo comenzó a desmontar las luces y enviaron a todo el mundo a sus casas, sin pagarles nada, hasta nuevo aviso.

Por la calle de Zaragoza bajaron hasta Rayón, para entrar por Independencia, la estrecha avenida que pasa frente a la Catedral del puerto y su palacio municipal. Eran 200 personas, casi en su mayoría mujeres: maduras, regordetas, de carnes apretadas y lustrosas como fruta morena. Agitaban mantas y gritaban furiosas pidiendo se reanudara el apoyo que el gobierno de Veracruz les había estado proporcionando: viajes en autobús y alimentos gracias a los cuales habían podido seguir visitando a sus familiares presos en cárceles lejanas, tras haber sido reubicados después del cierre del penal Allende en enero de 2010. Pero dicho apoyos fueron retirados en mayo: la campaña del candidato priista a la gubernatura, Javier Duarte de Ochoa, ordeñaba los recursos de la administración estatal y muchos programas sociales improvisados por Fidel Herrera para paliar situaciones como estas fueron suspendidos abruptamente.

Otras personas —igualmente, casi todas mujeres— se quejaban de la sobrepoblación que existía en El Penalito, las instalaciones que las autoridades designaron como una prisión preventiva provisional, y que no era otra cosa que un puñado de celdas levantadas apresuradamente a espaldas de la comandancia de la policía de Veracruz en la colonia Playa Linda. Aquellos separos se hallaban siempre tan abarrotados que los detenidos debían dormir parados y apoyados unos contra otros, como reses.

Otras acusaban a Gibson de tacaño.

¡Chingas a tu madre, Mel!, aullaba una anciana seguida por una muchachita de ojos verdes y shorts cortísimos. Su hijo está preso por lesiones y las autoridades de readaptación social le aseguraron un trabajo como extra en la filmación de la película. *Me prometieron 700 pesos por día, a mí y a mi nieta, y a la mera hora no nos pagaron ni la mitad*, denunciaba, morada de sol y coraje.

¿Cuánto habrá pagado Mel por Allende?, se escuchó más allá, entre un grupo de señoras jóvenes.

Dicen que un millón de dólares…

No, fue más, fue muchísimo dinero.

¡Todo se lo clavó El Negro pa' las elecciones!

Ay, no, mi Negro no es capaz de eso.

No se metan con el Gober; la cosa es contra los jueces y los de readaptación, ¿oyeron?, las regañó una mujer vestida por completo de rojo, desde los tenis astrosos hasta la punta de los cabellos.

Dicen que hay gente que ni siquiera apareció después del traslado, que se fugaron o los fugaron, como el que mató al primo de Yunes, murmura una joven de largos cabellos. *Que hay presos que ni siquiera tienen causa, como la señora esa que se robó una bicicleta y que ya lleva dos años en el bote sin que le resuelvan.*

Pobre, se lamentan en coro las mujeres.

Al menos yo sé que el mío sí se lo merece…

II

FUEGO

EL CORRIDO DEL QUEMADO

2002

El gordo, sin quitarse los lentes oscuros, comenzó a pasear sus manazas sobre el teclado.

Voy a cantar un corrido
que de mi memoria escapa

Con florituras de acordeón, un bailecillo de sus dedos.

Cantaré lo sucedido
allá por Tatahuicapa

Y Agustín movía la cabeza junto a la bocina, al igual que Jacobo, el taxista que nos condujo a la casa del gordo, también llamado Armando Terán (y su Magia Digital, anunciaba el rótulo sobre su puerta). El puro verbo fue el que nos hizo llegar hasta la casa del músico, después de haber pasado la tarde entera varados en la triste villa de Isla, buscando el expediente del linchamiento. Jacobo nos llevó en taxi hasta el centro de Playa Vicente y convenció a Terán para que nos tocara el corrido, escrito a finales de los noventa por un tal Panuncio Mendoza.

Un violador y asesino
de la muerte no se escapa

De Veracruz a Tuxtepec, y de ahí a Playa Vicente y luego a Isla, y de regreso, sin encontrar nada, ni un papel, puros testimonios de oídas sobre el quemado de Tatahuicapa.

1996

La Unión Progreso Tatahuicapa, Veracruz. Población: 236 personas.

El treinta y uno de agosto
fecha que traigo en la mente

Un sábado soleado, bochornoso. El agua del río estaba clarita. Daba gusto verla, ganas de zambullirse. Quizás más tarde, pensaron muchos, dirigiéndose a la faena. Quizás después de que la asamblea se reúna, allá en las canchas del pueblo.

Se ejecutó un linchamiento
cerca de Playa Vicente

Un grupo de casas debajo de una loma. Una cancha de tierra, una iglesia, árboles de mango.

Tatahuicapa es el pueblo
que lo quemó con su gente.

Los hombres, a caballo. Las mujeres, en grupos. Todos sobre el mismo camino lleno de piedras.

2002

De Playa nos fuimos a Cosamaloapan, al penal Morelos, a bordo de un autobús que avanzaba a la par del río Papaloapan —el río de las mariposas— y de cientos de hectáreas de cultivos de piña, plátano y caña. Queríamos el expediente, la causa penal número 201-96 de la que nos había hablado el licenciado de Isla, y que supuestamente se encontraría en el juzgado. Queríamos ver también el video, el que estuvieron pasando en el noticiero local, el que movió a las autoridades estatales a secuestrar el 4 de septiembre a la mitad del pueblo para hallar a los responsables, a los verdugos de aquel hombre que, vestido sólo con una trusa colorada, ardía amarrado a un árbol. Queríamos ver el expediente, la autopsia, las fotos, todo, sentirnos detectives por un fin de semana. Estábamos dispuestos a entrevistarnos con los linchadores, hablar con ellos, preguntarles sus motivos.

Cuando sucedió el linchamiento, nos dijo Ramírez Cepeda, agente del Ministerio Público de Cosamaloapan, *Tatahuicapa era una comunidad inaccesible. Las mismas autoridades se enteraron de los sucesos a través del famoso video.* Nos relató una anécdota de cuando acompañó a un cuerpo policiaco a resolver un asunto a Xochiapa, municipio que alguna vez incluyó el poblado de Tatahuicapa en su jurisdicción. *Empezaron a tocar las campanas de la iglesia y la gente empezó a llegar corriendo y, puta, nosotros nos sentíamos cada vez más reducidos, incluso con armas.* Según Ramírez Cepeda, la ingobernabilidad de aquella zona se debía sobre todo a la influencia de los caciques locales, que desean que las regiones se independicen para controlarlas mejor y así enriquecerse. *Pero, ¿qué van a hacer independientes, más que morirse de hambre? Sólo buscan desestabilizar al régimen. Una vez que se abren los caminos, la autoridad entra, pero hay cabezas que no caen. Hace no mucho se dio un caso por esta zona, donde se aseguró un cargamento de mariguana de 200 kilos… y resultó que en el camino se perdió la mitad. Se trata de corrupción a niveles altísimos. Comienzan a llegar las llamadas de "no te metas ahí", y pues…* Ramírez Cepeda se encogió de hombros: *En realidad a mí qué, fue un asunto del fuero federal.*

¿Es la ley del machete la que impera en esta zona?, le preguntó Agustín.

Más bien la ley del cuerno de chivo, respondió el agente ministerial, con una sonrisa siniestra, mientras se sujetaba la hebilla de su pantalón y nos la mostraba: en ella aparecía el relieve de un "cuerno de chivo" encima de una hoja de mariguana.

1996

Alguien replicaba las campanas de la iglesia. Una voz irreconocible salía de las bocinas que colgaban de los árboles y penetraba en las casas por las ventanas abiertas, por los corrales y los hoyos en los tabiques. *Se llevaron a doña Anita*, gritaban las señoras que volvían corriendo, llenas de espanto, por el camino que llevaba al río.

Un joven de veintiocho años
era Rodolfo Soler

Alarmados por la bulla, los hombres que en aquel momento ya habían vuelto del campo y se encontraban en sus casas almorzando, o en la cancha del pueblo, esperando a que se celebrara la asamblea mensual del ejido, acudieron machete en mano al río. Decenas de rostros asomaban ya por entre las matas que crecían a orillas del caudal, manos y dedos que señalaban hacia un hombre que estaba metido en el agua, un sujeto con ojos de niño aterrado que se posaban sobre las morunas y los garrotes que la gente blandía en su dirección, enardecidos porque aún llevaba prendida de los cabellos a la señora Ana María Borromeo, que flotaba bocabajo en el agua junto a las prendas que pensaba lavar esa mañana.

No le importaba el tamaño
o si era niña o mujer

Ladrón de ganado, violador y mariguano conocido en la comunidad, varias veces preso por sus crímenes pero liberado siempre por las autoridades. Ese día que lo agarraron junto al cadáver de doña Anita lo llevaron a golpes a las canchas del pueblo, donde los hombres lo amarraron a un árbol con una cuerda de nylon y procedieron a interrogarlo y a darle toques con un cable eléctrico hasta que se le chamuscaron los vellos de las piernas, para que confesara su crimen.

Así estuvieron varias horas, hasta que llegó la autoridad: la secretaria del Ministerio Público de Playa Vicente, el comandante de la policía judicial de este municipio, y 10 achichincles armados. El pueblo entero se encontraba ahí presente, la mayoría mujeres y niños, que gritaban: *que se le linche, que se le mate, que se le queme, para que no salga enseguida, para que no regrese a causar peores daños, si no, al rato las hijas no van a poder andar solas, si no, va a regresar y va a seguir violando a las mujeres.*

Las autoridades fueron a la casa de Bartolo Avendaño, marido de Ana María, a realizar el reconocimiento del cadáver, pero la familia no permitió que lo vieran ni que se lo llevaran. Regresaron entonces al parque para llevarse a Soler, pero el pueblo ya había tomado una decisión. Les dijeron a las autoridades de Playa Vicente que no les entregarían a Rodolfo Soler, que ellos mismos iban a enjuiciarlo y a lincharlo. Y a pesar de que ningún habitante de Tatahuicapa poseía armas de fuego, el comandante de la policía judicial de Playa decidió que lo más prudente sería dejarlos hacer su voluntad y marcharse: *Yo no vengo a imponer ninguna ley al pueblo*, dice, en el video que Cástulo Martínez, habitante de Tatahuicapa, capturó en un VHS, con una cámara que había comprado en Estados Unidos. *Si el pueblo me lo quiere entregar, me lo llevo. Si no, que el pueblo mismo decida lo que debe hacer. Yo ahí se los dejo.* Liberio Contreras, el agente municipal, se dirigió nerviosamente a la multitud y les preguntó qué es lo que querían hacer: *Ora sí, ustedes, por su voz y voto, dicen que vamos a hacer esto y eso hacemos... Ora sí, mi responsabilidad conjuntamente con mis compañeros ya dimos parte donde nos corresponde, ahora sí ya fue la decisión del pueblo, nosotros no podemos decir que no la damos, ¿verdad? Aunque la ley pensara así... Entonces, ¿se le lincha o no?*

¡Que se muera!, grita la gente en el video. *¡Violador, asesino! ¡Pinche criminal, que se muera!*

Yo no vi cuando lo llevaron al panteón, declararía más tarde Bartolo Avendaño, esposo de la mujer asesinada, *porque estaba ocupado velando a mi mujer, tenía que ver por la caja y el velorio. Yo había pedido que lo mataran, yo gritaba que había que quemarlo, porque no me dejaban acercarme al árbol donde lo tenían amarrado, pero todos contestaron que no me preocupara, que así lo harían.*

Procedieron entonces a levantar un acta de juicio popular, en la cual se acusaba y condenaba a Rodolfo Soler en virtud de una ley interna del ejido, de *correr a los maleantes o matarlos, según su delito*. El acta termina con una advertencia para esas *autoridades superiores que se dejan sobornar por unos cuantos pesos*, y concluye con un *Sufragio efectivo, no reelección* y las firmas de los 154 adultos de Tatahuicapa.

> *Pero lo quemaron vivo*
> *Ya no lo volverá a hacer*

Para entonces, Soler estaba tan golpeado que ya ni siquiera levantaba la barbilla del pecho. La multitud lo condujo a rastras hacia el cementerio. Genaro Borromeo Robles (hermano de la señora Ana María) le amarró los brazos a un árbol de encino con alambre de púas. El topil de Tatahuicapa (y sobrino de la difunta), Hipólito Borromeo Soler, el único que llevaba un arma de fuego en el pueblo (una escopeta recortada calibre .22), le quitó el pantalón y se lo amarró al rostro; luego le vertió encima una lata de dos litros de gasolina. Por último, fue Bulmaro Avendaño (hijastro de Ana María) quien encendió los cerillos con los que se procedió a prenderle fuego al asesino.

Lo hice porque estaba muy enojado, declararía Bulmaro ante el Ministerio Público, *de que esta persona había cometido otros delitos y seguido lo sacaban de la cárcel, y es por eso que decidí hacer justicia por mis propias manos.*

Soler gritó por un par de minutos. La media hora siguiente sólo se quejó. Ya en el suelo, le cortaron el pie izquierdo de un machetazo, para ver si seguía vivo, y como aún gemía le vaciaron encima una segunda lata de combustible.

2009

Tatahuicapa: el fundillo de Veracruz, pensamos, mirando el mapa. Tres horas a Tuxtepec desde el puerto. Una más, en autobús de tercera, hacia Playa Vicente. Dos horas de brecha para llegar al poblado. Trece años después del doble crimen. Retenes militares por todas partes.

> *Pongan atención, muchachos*
> *no agarren ese camino*

Nadie nos quiere llevar al río. Los ojos negros de las mujeres nos acusan. Aquí todos son parientes y más vale no andarse con chismes. Recordamos las palabras de Ra-

mírez Cepeda, el agente del Ministerio Público de Co-
samalopan, el de la hebilla del "cuerno de chivo": *No
se metan donde no los llaman, muchachos, ¿qué no vieron la
película de* Canoa?

*Ya ven lo sucedido
por errores del destino*

En el panteón de Tatahuicapa, un chavo nos señala una
cruz de madera y un punto impreciso, cerca de unos árboles. Entonces nos damos cuenta: apenas 15 metros de
distancia separan la tumba de Ana María Borromeo del
cadalso de Soler, el encino chamuscado al que lo sujeta-
ron para quemarlo vivo.

*Ay de mi violador,
asaltante y asesino.*

LA CASA DEL ESTERO

Felix, qui potuit rerum cognoscere causas
Virgilio

1

¿Qué es lo más cabrón que te ha pasado en la vida?, me preguntó Jorge.

Estábamos en la fiesta de cumpleaños de Aarón, en el balcón de su sala. Acababan de dar las cuatro de la mañana. Un norte ligero alborotaba las palmeras de la costera, visibles —al igual que los fierros de las gradas del carnaval, instaladas sobre el bulevar desde enero— por encima de los tejados de la colonia Flores Magón.

¿Lo más cabrón que me ha pasado?, repetí, para ganar tiempo.

Yo tenía 24 años. En aquel entonces, lo más cabrón que me había pasado en la vida había ocurrido un año antes: la pelea que tuve con mi padre justo antes de que me largara para siempre de su casa. Era el 2005 y nos habíamos quedado solos: Julio estudiaba en Ensenada y mamá... bueno, digamos que mamá estaba de vacaciones indefinidas en el norte del país, desde donde telefoneaba de vez en cuando para platicar de cosas que cada vez tenían menos sentido. Papá ya se había deshecho de las cosas de mamá: su ropa, sus papeles, sus perfumes. Un día metió todo en bolsas negras de basura y las sacó a la calle. No dejó de echar fiesta desde entonces, y yo tuve que ponerme a trabajar para comer y terminar la carrera.

¿Pero qué caso tenía contarle todo eso a un muchacho al que apenas conocía? Una cosa era que me dejara dar sorbos a su cerveza y que me mirara con ojos negros bellamente entornados, y otra, contarle cómo durante aquella última pelea yo había amenazado a mi padre con su propia arma —una .45 automática que él mismo había escondido en mi tapanco— porque su cotorreo de cristal y música electrónica llevaba días sin dejarme dormir.

No sé. La verdad es que no sé, respondí al final, presionada por aquella mirada a la vez penetrante y somnolienta. *¿Y a ti?*

Intuí que su respuesta iba a ser mejor que la mía, pero algo pasó, algo interrumpió nuestro diálogo en el balcón, y Jorge no me contó la cosa más cabrona que le había pasado en la vida sino tres meses después, cuando tuvimos nuestra primera cita.

Él llevaba dos caguamas encima cuando yo llegué al bar, tarde y un poco mojada por la súbita lluvia de finales de mayo. Me senté en la mesa que eligió sobre la acera. Corría un viento tibio que me secó rápidamente. Lo dejé guiar la conversación porque, la verdad, a tres meses de la fiesta en casa de Aarón, yo ya no recordaba su nombre de pila; sólo su apellido, su apodo de barrio —*El Metálica*— y su mirada.

Esa noche, después de dos litros más de cerveza, me contó por primera vez la historia de lo que le había pasado a él y a un grupo de amigos en la Casa del Diablo. Tardó algunas horas en hacerlo, en parte porque narró, minuto a minuto, sucesos que habían ocurrido hacía más de una década, y también porque abundaba en extensas digresiones destinadas a explicarme los detalles que yo ignoraba. El estilo narrativo de Jorge me intrigaba: sabía entretejer el relato directo de lo sucedido con fragmentos de diálogo, con ademanes aferrados a su cuerpo, con sus propios pensamientos, los presentes y los pasados. Un jarocho de pura cepa, pensaba yo, fascinada; entrenado para la conservación de las hazañas viriles desde una cultura que desdeña lo escrito, que desconoce el archivo y favorece el testimonio, el relato verbal y dramático, el gozoso acto del habla.

Tres horas después yo seguía muda y él llegaba a la desoladora conclusión de su historia. Para entonces, yo ya estaba enamorada de él. Tardé varios años en darme cuenta de que, en realidad, me había enamorado de sus relatos.

2

El horror, como Jorge lo llamaba, comenzó un día de junio de principios de los noventa, con la llamada de su amiga Betty.

Oye, Jorge, vamos al Estero...

Por el auricular, Jorge podía escuchar las risitas de Evelia, de Karla y de Jacqueline.

El Estero. Quieren ir a esa pinche casa de nuevo, pensó Jorge y la modorra de las cuatro de la tarde lo abandonó por completo.

No puedo ir, no tengo dinero, les dijo, seco, para desanimarlas.

¡Ándale, Jorge! Nosotras ponemos la botella...

Jorge miró el rostro dormido de su abuela, su boca ligeramente abierta, las cobijas hasta la barbilla. El teléfono estaba en el cuarto de la anciana pero ella nunca escuchaba el timbre. Dormía hasta tarde porque se pasaba las noches en vela. Decía que la tía de Jorge, su hija fallecida años atrás, se le aparecía en las madrugadas al pie de la cama y le tocaba las piernas.

No tengo nada, ni para el autobús.

¡No importa, nosotras te invitamos!

Jorge tuvo ganas de regañarlas. Si bien era cierto que ni Betty ni Evelia jamás habían visitado la casa abandonada, Karla y Jacqueline sí, y tendrían que haber escarmentado. ¿O qué no recordaban lo sucedido el domingo anterior? ¿Qué no habían visto las caras de los cadetes? ¿No habían notado que en esa casa había *algo*?

Ándale, Jorge, no seas mamón. Te esperamos en Plaza Acuario, dijo Betty, y colgó el teléfono.

Jorge marcó el número de Tacho.

Bueno, respondió este.

Oye, carnal. Fíjate que esas pinches viejas…

Sí, ya me hablaron…

¿Tú qué dices? ¿Vamos?

Tacho permaneció en silencio. Jorge retorcía el cordón del teléfono, impaciente. Dejarle a Tacho la decisión de ir o no a la casa abandonada era como lanzar una moneda al aire.

Tacho también estuvo ahí el domingo pasado, él vio las caras de los cadetes, pensó Jorge. Deseaba con toda su alma que su amigo se negara a ir.

Pus vamos a ver qué pasa, dijo Tacho, después de un largo silencio.

Resignado, Jorge colgó el aparato y fue a darse una ducha. No tenía prisa; si las chicas realmente tenían ganas de ir bien podrían esperarlo. Por la ventana del baño observó que el cielo se cubría de nubes negras y se alegró. Se vistió y salió de la casa sin despertar a la abuela.

No había avanzado ni 10 metros sobre la avenida cuando el aguacero comenzó a caer. Gotas gruesas tupieron el pavimento pero Jorge no se molestó en cubrirse. *Ahora ya no querrán ir, es la excusa perfecta.* ¡Cómo amaba Jorge las tormentas instantáneas de finales de primavera!

Pero cuando llegó a casa de Tacho, la lluvia había cesado. Su amigo lo esperaba fumando bajo un árbol; estaba listo.

¿*Vamos?*, preguntó Tacho, él también inseguro.

El sol brillaba de nuevo en el cielo e iluminaba las fachadas de las casas. Los niños del barrio regresaron en tropel a las calles. Algunos llevaban barcos de papel en las manos; los hacían navegar sobre un pequeño arrollo que corría en la cuneta.

En menos de una hora, toda esta agua será aire caliente de nuevo, pensó Jorge, derrotado. El sol resplandecía con tanta fuerza que su ropa se secó durante la breve caminata a Plaza Acuario.

Iban a ir de nuevo a la Casa del Diablo y él sentía el corazón como oprimido por un puño invisible mientras se acercaban al sitio en donde las chicas ya los estaban esperando.

3

Las leyendas sobre la Casa del Diablo son muchas y nada originales. Combinan leyendas decimonónicas del puerto con argumentos de películas de terror de los años ochenta: entre sus muros en obra negra, supuestamente, tuvieron lugar asesinatos rituales y penan espíritus chocarreros. Se decía, por ejemplo, que la construcción estuvo destinada a ser un hotel con restaurante en la última planta, pero que este nunca pudo terminarse debido a que el velador mató a su familia a machetazos y luego se suicidó, colgándose de la ceiba que crecía junto a la casa; las almas de las víctimas de aquel terrible crimen —según la mítica porteña que relaciona las muertes violentas con la aparición de espíritus "intranquilos"— penaban en el sitio y espantaban a los morbosos que se atrevían a entrar al terreno. Otra leyenda insistía en que la casa era sede de una secta satánica que realizaba oscuros ceremoniales en sus sótanos, relato alimentado por la cercanía relativa de la Casa del Diablo con la llamada "casona" de la Condesa de Malibrán, un personaje a medias histórico a medias mítico considerado por los jarochos como una versión tropical de la sádica asesina de jovencitas Erzsébet Báthory. Asimismo, existía una tercera leyenda sobre la casa; supuestamente la vivienda tenía siete sótanos a los que se accedía por una escalera de caracol ubicada en el tercer piso. Si uno alcanzaba a descender hasta el último de estos sótanos, el más profundo, se toparía de frente con el mismísimo Satanás.

Lo cierto era que la casa y el amplio terreno que la rodeaba —ubicados a orillas del caudal conocido como El Estero, cuyas aguas salobres por la cercanía del mar provenían de la laguna de Mandinga, la más pequeña del sistema lacustre de Alvarado— se encontraban en una de las zonas de mayor plusvalía de Boca del Río y pertenecían a un empresario local que no estaba interesado en vender o en rentar el inmueble. Una verja de acero impedía el acceso a los curiosos, la mayor parte adolescentes del puerto que buscaban un sitio para beber, drogarse y estimular sus glándulas suprarrenales con un poco de sugestión. La costumbre indicaba que uno debía entrar a la casa a través de la verja de hierro, sobornar al vigilante en turno y después recorrer uno a uno sus tres pisos en obra negra. El paso del tiempo y el clima del trópico no habían sido benignos con el aspecto de la casa, que en los años noventa carecía ya totalmente de ventanas y cuyos pisos estaban siempre tapizados de una espesa capa de hojas podridas. La ceiba que crecía al lado de la casa había terminado parasitando la estructura, y sus ramas invadían buena parte de la segunda planta.

Jorge, por supuesto, conocía los rumores y de chico ansiaba poder ingresar a esa extraña casa cuya silueta alcanzaba a vislumbrar por entre la maleza que crecía a la orilla del río, cuando el autobús en el que solía viajar con su abuela rumbo a Antón Lizardo cruzaba el puente de El Estero. Y la oportunidad de visitar la casa le llegó cuando tenía 15 años y formaba parte de una tropa de *scouts*, a quienes un domingo logró contagiar de suficiente curiosidad y morbo como para convencerlos de realizar una expedición a la casa, con el fin de escudriñar sus misterios y comprobar de una vez por todas si estaba o no embrujada. Así que esa misma tarde se dirigieron a El Estero: lograron franquear la verja de fierro herrumbroso y entrar a la planta baja por una especie de portal. Recorrieron uno a uno los cuartos oscuros y malolientes que parecían haber sido construidos bajo un diseño laberíntico. Entre risas nerviosas llegaron al tercer piso, el único lugar que realmente tenía apariencia de restaurante, con separaciones que distinguían una barra, una cocina, un amplio comedor con terraza y cuartos de baño. Todo estaba cubierto de hojas secas, excrementos de murciélagos y cadáveres de lagartijas.

Lo más extraño que encontraron, en la habitación que se extendía detrás de la barra del supuesto restaurante, fue un portal con marco de piedra que conducía a una escalera que descendía, en espiral, hacia una oscuridad absoluta.

Ese día se marcharon sin bajar por la escalera porque no llevaban cuerdas y no quisieron arriesgarse a descender sin ellas. Pero el domingo siguiente estaban de vuelta —un *scout* es obediente, disciplinado y no deja nada a medias, dice su ley—, equipados con piolas, linternas, tiras de halógeno, provisiones de comida y agua para un par de días, y una estrategia contra el pánico que el mismo Jorge había insistido en preparar, en caso de que ocurriera algo fuera de lo común y el terror y el miedo amenazaran con paralizarlos en una emergencia.

Así que planearon cuidadosamente la aventura, e incluso decidieron de antemano el orden en el que descenderían: primero Puma, que a sus 19 años era considerado por toda la tropa como un verdadero adulto, motivo por el cual le tocaba portar el bastón de mando. Luego bajarían Jorge, Adán y Lilí, en ese orden. A Roxana le tocó quedarse afuera, junto al portal, para vigilar el extremo de la cuerda que amarraron a una de las columnas de la habitación y con la que procedieron a atarse de las cinturas, como escaladores alpinos, antes de descender.

El interior de la escalera apestaba a humedad y animal podrido. Los peldaños se desmoronaban bajo sus pies. Pronto hizo falta más luz; Puma ordenó:

Enciendan sus linternas.

Pero ninguna de las cuatro funcionaba.

Pero si las probamos allá arriba, pensó Jorge, *y todas tienen baterías nuevas.* Pero no quiso decirlo en voz alta para no generar más inquietud de la que ya sentían.

Los chicos sacaron entonces las tiras de halógeno que llevaban en los bolsillos, y las quebraron para obtener una luz verde y fluorescente, que apenas iluminaba el camino. Así descendieron unos metros más. Hacía demasiado calor y el sudor traspasaba el tosco tejido de sus uniformes. Delante de Jorge, Puma tanteaba el terreno con el bastón de mando; por detrás, Adán respiraba contra su nuca y a Liliana le castañeaban los dientes. Jorge también sentía miedo pero la flaqueza era algo que debía aprender a dominar, a controlar a voluntad, si es que quería ver algún día realizado su más grande sueño: ingresar al Colegio Militar cuando cumpliera 18 años, incorporarse a la Brigada de Fusileros Paracaidistas del Ejército Mexicano y, cuando ya se hubiera convertido en un soldado de élite, desertar para unirse a la Legión Extranjera. A los 15 años ese era, básicamente, su plan para escapar de Veracruz, de su abuela.

Esperen, balbuceó Puma de pronto.

Jorge chocó contra su espalda.

¿Qué pasa? ¿Por qué te detienes?

Me acaban de quitar el bastón de las manos.

Jorge respiró profundo. Casi no había aire ahí dentro.

¿Cómo?

No sé, me lo arrancaron de las manos, alguien…

¿Qué pasa?, lloriqueó Lilí.

A Puma se le quebró la voz y ya no quiso decir nada más.

Ya, esto es, esto es el pánico, pensó Jorge, *el momento en que todo se lo lleva la chingada.* Su pecho era un fuelle. Carraspeó hasta recobrar la voz y dio la orden de retroceder, ante la mudez estupefacta de Puma.

Subieron como los cangrejos. Nadie quería darle la espalda al foso, de donde provenía el estruendo que hacía el bastón al golpear brutalmente las paredes. Jorge respiraba con la boca abierta; trataba de encontrar un ritmo en su respiración, de controlar los latidos de su corazón. *Quizá sólo es un drogadicto*, pensó, *un loquito de esos que se meten a las casas abandonadas.* Pero aquella idea no lo tranquilizó. Porque, ¿qué clase de loco viviría en aquel agujero, qué clase de ser querría esperar quién sabe cuánto tiempo allí, en la negrura hedionda, aguardando a que llegara alguien para…?

Tuvo que concentrarse en no pensar y en poner toda su atención en tantear con los pies los peldaños resbaladizos de las escaleras e impulsarse hacia la luz, hacia el aire, lejos de la oscuridad, lejos de aquel rumor ronco que ya no sabía si era su propia respiración o la de Adán o la de Puma o la de quién sabe quién.

Cuando lograron salir, se encontraron a Roxana llorando con la cabeza metida entre las rodillas. Durante varios minutos la chica no pudo hablar, sólo les señalaba la cuerda con la que se habían amarrado a una columna cercana. La piola oficial de los *scouts*, garantizada para soportar una tonelada de peso, estaba rota, reventada a pocos centímetros del nudo.

Vi que se tensó, como si la jalaran desde abajo, les contó la chica. *Pensé que se habían caído, que algo les había pasado, y comencé jalarla hasta que reventó…*

La piel de sus palmas extendidas estaba quemada por la fibra.

Roxana había gritado sus nombres, una y otra vez, al pie de la escalera. Como nunca le respondieron, se había desmoronado en un llanto histérico, presa del miedo. Lo extraño era que, en la oscuridad de las escaleras, ellos nunca oyeron sus gritos.

Los diligentes *scouts* huyeron de la casa antes de que oscureciera. Puma lideraba el camino, y cuando atravesaron la verja, aún llevaba el cuchillo de caza de Adán bien sujeto en la mano.

4

Ese fue el primer antecedente del horror. Hubo un segundo: el asunto de los cadetes, ocurrido una semana antes de la llamada de Betty. Jorge no pudo evitar recordar este último incidente mientras esperaba con Tacho afuera de un tendajón en Boca del Río. Betty, Evelia, Karla y Jacqueline estaban adentro, comprando ron, soda y cigarrillos para la nueva excursión a la casa.

Aguardaban de pie sobre la calle que, metros más adelante, aún hoy se convierte en el puente que atraviesa el río Jamapa. Jorge contemplaba el horizonte. Ahí, del otro lado del puente, el camino se tornaba encrucijada: a la derecha se llegaba a Paso del Toro y a la antigua carretera a Córdoba; a la izquierda se encontraba el camino a la punta Antón Lizardo y la Escuela Naval Militar. Para llegar a la Casa del Diablo había que coger el camino hacia Antón Lizardo y salir de la carretera o apearse del autobús bajando el puente de El Estero. Había que avanzar entonces unos 500 metros por una brecha que discurría junto al cauce, entre un restaurante de mariscos y una lujosa mansión blanca, y de pronto ya estaba uno ante la verja herrumbrosa de la Casa del Diablo.

Jorge sentía asco. Ni siquiera tenía ganas de fumar, mucho menos de beber alcohol. No podía dejar de pensar que era un error regresar a esa casa, después de lo que les había pasado el domingo previo, cuando él, Tacho y Jacqueline visitaron el lugar por invitación de Karla. Aquella vez llegaron mucho más avanzada la tarde: casi a las siete de la noche, en pleno crepúsculo, y tuvieron que usar la lamparita de bolsillo de Tacho para guiarse a través de la brecha. Karla y sus amigos ya estaban adentro; podían escuchar sus gritos y risas cuando cruzaron la verja. Entraron a la casa y comenzaron el recorrido para llegar al último piso. Los amigos de Karla se correteaban en la oscuridad; eran todos cadetes de la academia naval de Antón Lizardo; iban rapados pero vestidos de civil pues era su día de permiso. Jorge trataba de distinguir la barra en la oscuridad, el umbral de la habitación en donde se encontraban las escaleras aquellas, cuando sintió que alguien lo sujetaba del cuello. Era uno de los cadetes; llevaba una máscara de gorila cubriéndole la cabeza y una pistola que quiso apoyar contra la sien de Jorge.

Los cadetes aullaron, tratando de asustarlos.

¡Quítame esa cosa de la cara!, le gritó Jorge. Le propinó al cadete un codazo que le desacomodó la máscara y lo derribó al suelo.

¡Estamos jugando, pendejo, no tiene balas!, lloriqueó el muchacho.

Jorge hubiera querido matar al tipo e incluso pensó en sacar la navaja que siempre llevaba consigo pues ya no era un *boy scout* de 15 años sino un malandro de 22, desertor de la prepa y del Ejército y veterano de mil peleas callejeras. No le importaba que los cadetes fueran nueve ni que estuvieran armados; eran unos maricas hijos de papi. Él y Tacho podían solos con todos juntos.

Pero antes de que pudiera hacerle alguna señal a su amigo, Jacqueline ya estaba en medio de Jorge y del cadete, rogando que no se golpearan. Los amigos de Karla descendieron al primer nivel y Jorge y su gente subieron a la azotea para mirar las luces de Boca del Río. Estuvieron un buen rato ahí arriba, charlando, calmándose, y cuando al fin bajaron para marcharse, se encontraron con que los cadetes de Karla aún no se habían ido. Estaban todos de pie junto al río, en silencio, como formados para pasar revista. Tacho los iluminó con su linterna: tenían las caras desencajadas del susto.

Karla salió de la oscuridad para reclamarle a Jorge:

¡Coño, Jorge, si tienes algún pinche problema con mis amigos díselo en sus caras, pero no estén con sus mamadas de aventarnos piedras desde ahí arriba!

El rostro agraciado de Karla se hallaba agitado, presa del llanto.

¿De qué hablas?, dijo Jorge. ¿Cuáles piedras?

¡No te hagas pendejo, nos aventaron piedras desde esa ventana! ¡Fueron ustedes!

De nada sirvió que Jacqueline le jurara por Dios a su prima Karla que ellos no habían sido; nadie quiso creerles. Y Jorge partió de la Casa del Diablo jurando que jamás en su vida regresaría.

5

Pero apenas había pasado una semana y ahí estaba. Y a él le parecía que la casa lo sabía, que el pueblo entero de Boca del Río y la gente que pasaba rumbo al puente en sus autos y les lanzaban miradas despectivas también lo sabían. Del otro lado de la calle, plantada en medio de la acera, una mujer indigente los señalaba. Aquello ya era demasiado.

¡Mírenlos, allá van!, gritaba la vieja, apuntándoles con su dedo mugriento.

Los cabellos le caían en hilachas grasientas, enmarcando un rostro percudido y abotargado. La mujer abrió mucho su boca llena de agujeros y lanzó una risotada.

¡Allá van! *Se los va a llevar la chingada.*

Vete a la verga, susurró Tacho, visiblemente angustiado. Pero no dijo nada más.

Jorge lo miró con insistencia. Quería que Tacho lo viera a los ojos y aceptara que todo aquello era una pésima idea. Él había estado también la semana anterior, él sabía lo de los cadetes, había visto sus caras de espanto. Pero Tacho no dijo nada; hasta pareció ofendido cuando Jorge le sostuvo la mirada. El rostro flaco y ceñudo de Tacho era un reproche; parecía decirle en silencio: *no digas nada o será peor, de esas cosas nunca se habla.*

¡Allá van!, siguió aullando la limosnera. ¡Mírenlos, qué pendejos!

6

Las chicas no vieron a la pordiosera y, en una especie de acuerdo tácito, ni Jorge ni Tacho les contaron nada. Tampoco se opusieron a subir al autobús, ni a bajarse en la brecha cubierta de arena y conchas trituradas. Del lado derecho fluía el río achocolatado; del izquierdo, se alzaba la lujosa mansión blanca. De las múltiples terrazas de aquella casona asomaron las cabezas de siete perros dóberman que ladraron a su paso y les mostraban los colmillos. La verja oxidada estaba ya enfrente de ellos, abierta de par en par para su sorpresa.

El sol aún quemaba; eran pasadas las cinco de la tarde.

(Jorge nunca paró de beber mientras contaba su historia. Hablaba durante algunos minutos y se detenía sólo el tiempo suficiente para vaciar la mitad de su vaso; hacía gestos para no eructar frente a mí y luego reanudaba su relato. Yo aún no sabía qué pensar. No creía —como no creo ahora— en fantasmas, aparecidos, "energías" o "malas vibras", a diferencia de la mayor parte de mis paisanos. Las únicas experiencias sobrenaturales que hasta entonces había tenido pertenecían todas a un periodo de mi vida en el que me había dedicado a consumir cartoncitos impregnados en LSD como si fueran chicles.)

Al acercarse a la verja notaron que parte del terreno se encontraba invadido por una maraña apretada de maleza y arbustos. Y fue justo de aquella selva de zacate cerrado, y en el preciso momento en que se disponía a traspasar el umbral, que el rostro de un hombre joven, y luego su torso y su cuerpo entero, emergió de entre las matas y, sonriente, les ganó el paso y les cerró la reja en las caras.

No, aquí no pueden pasar, les dijo. Esto es propiedad privada.

Era un hombrecillo bajo, moreno claro, insignificante.

(Años después, cada vez que hacía que Jorge repitiera la historia de la Casa del Diablo le pedía que abundara en la descripción o la edad aproximada de aquel misterioso vigilante, pero Jorge siempre me decía: *Tú puedes poner a 10 hombres formados en hilera y decir "me voy a acordar de todos", y te acuerdas de todos menos de él. Era un bato absolutamente común, sin ningún rasgo remarcable.*)

Oye, pero aquí estuvimos la semana pasada, rezongó Jacqueline. *Danos chance de pasar a ver.*

Pero la semana pasada no estaba yo, y ahora sí, respondió el tipo. *Y yo digo que no van a pasar.*

Las chicas le rogaron, suplicaron. Incluso trataron de engatusarlo con un billete de 50 pesos, pero el tipo nomás meneaba la cabeza.

No, al rato quién va a escuchar sus pinches gritos, decía, sin perder la sonrisa.

Las chicas no parecieron escuchar estas últimas palabras y siguieron rezongando con el hombre. Después de 20 minutos de ruegos infructuosos, Jorge, aún mareado, apartó a sus amigas y se encaró con el sujeto. Estaba harto y quería terminar con aquello.

Mira, ni tú ni yo, le dijo. *Dejémoslo a la suerte.*

Al tipo le brillaron los ojos.

¿Qué propones?

Vamos a echarnos un volado, dijo Jorge. *Si cae águila, pasamos.*

¿Y si cae sol?

Si cae sol, tú decides si pasamos o no, le respondió.

Lanzó la moneda al aire. Cayó sol.

El vigilante soltó una risita.

Pues tú dirás, le dijo Jorge.

El hombre abrió la reja y se apartó del camino.

Pues pásenle. Total, aquí yo no soy nadie...

Y así, riendo quedito, volvió a meterse entre el monte y desapareció. No volvieron a verlo, ni siquiera más tarde, a la hora de los gritos.

Jorge condujo al grupo a una terraza del último piso a la que consideraba segura, en parte porque colgaba fuera de la casa, junto a la ceiba parásita. No quiso beber más que soda; sentía que debía permanecer alerta, con la espalda apoyada contra el borde del barandal que daba al río y la mirada bien clavada en el portal de la terraza y, más allá, en la maldita barra esa detrás de la cual se extendía la habitación donde se encontraba la escalera. Las chicas, en cambio, se bebieron el litro de brandy que habían comprado, y para las nueve de la noche ya estaban ebrias y con ganas de jugar botella.

Jorge no lograba relajarse; sus amigas se lo reprocharon.

Jorge, quita esa cara, te toca a ti, lo animaron.

Hizo girar la botella. Le tocó mandar a Betty. Le ordenó que se subiera a la banca de piedra de la terraza y que bailara como *stripper*, aunque ni siquiera sentía deseos de verla mover las carnes. La chica cumplió el reto y bailó entre risas. Se dio la vuelta para fingir que se quitaría la playera, pero entonces lanzó un grito y bajó del banco de un salto.

¡Viene alguien! ¡Viene alguien!, dijo.

Jorge se levantó como un resorte. Miró hacia el interior de la casa: una sombra atravesó el portal que daba al balcón. Una sombra que no subía ni bajaba como la silueta de una persona al caminar, sino que pareció deslizarse hacia el otro extremo del piso. Una sombra lo bastante oscura como para destacar en la oscuridad, aún más densa que la negrura de la casa vacía.

Se dirige a la barra, pensó Jorge en aquel momento. *A la escalera escondida.*

Les ordenó a las chicas que se recostaran en el piso y a Tacho que aguardara junto al marco del portal, y así, plantado en medio de la terraza, con los puños apretados y el estómago hecho un nudo, Jorge se dispuso a esperar a que el intruso hiciera su aparición.

Pasaron 10 minutos de una tensión insoportable en que sólo se escucharon los susurros angustiados de las chicas y el rumor de los grillos y de las salamandras, ningún ruido de pasos, ningún reclamo, nada. Evelia comenzó a gemir, y eso los sacó del trance en el que se hallaban sumidos. Jorge ordenó la retirada. Todos se pusieron de pie, menos Evelia.

Jorge, algo le pasa, dijo Betty.

Evelia, ovillada en el piso de la terraza, jadeaba y temblaba con el rostro metido entre las rodillas. Aunque más que llorar parecía estarse riendo quedito.

Evelia, déjate de mamadas y párate ya, ladró Jorge.

La chica no obedeció. Jorge la tomó de los hombros y la sacudió con rudeza.

¡Ey, párate ya!

Tiró del cuerpecillo de Evelia y le apartó los brazos. La chica alzó la cara y abrió los párpados.

¿Me estaban buscando?, preguntó, con una voz áspera, cavernosa. Un extraño brillo en sus ojos hizo que Jorge la soltara. *Me estaban buscando, ¿verdad? ¡Pues aquí estoy!*

Ya no es ella, pensó Jorge de inmediato. *Esto no es Evelia. Es otra madre.*

Se le erizaron los cabellos.

Déjate de pendejadas, Evelia, le gritó, sujetándola del brazo.

La voz le salió más temblorosa de lo que había querido.

Evelia se soltó con facilidad. Él trató de atraparla de nuevo para levantarla del suelo y conducirla hacia el interior de la casa y escapar de aquel maldito lugar, pero la chica no permitió que la tocara. Se puso a lanzar golpes, patadas y escupitajos contra sus amigos, y cuando Betty se inclinó hacia ella para calmarla, Evelia le propinó un taconazo en la cara, con tanta fuerza que la flacucha Betty salió despedida contra el barandal de la terraza. Tacho tuvo que unirse a los esfuerzos de Jorge para poder torcerle los brazos y las piernas a la muchacha y así llevársela cargando.

No, suéltenme, ya estoy bien, comenzó a gritar de pronto, mientras Jorge y Tacho la levantaban del suelo. *Vamos a seguir jugando, vamos a quedarnos*, lloriqueaba.

Pero aquella mirada que brillaba en sus ojos no engañaba a Jorge.

No, ni madres, le dijo. *Tú no estás bien, Evelia. Tú no eres tú…*

Entre los dos la cargaron a través de los cuartos de la casa. Sin más ayuda que la de sus pupilas dilatadas hallaron la salida. Las chicas gimoteaban, prendidas de la camisa de Jorge.

¿Pensaron que podían venir a buscarme y luego largarse?, rio Evelia, volviendo a la voz gutural. *Pues aquí se van a quedar todos. Y a ella me la voy a llevar.*

Llegaron a la verja y Evelia, que en ningún momento había dejado de retorcerse entre los brazos de Jorge y Tacho, como una culebra furiosa, se les escurrió de pronto y cayó al suelo. Con las puras manos comenzó a arrastrarse por la tierra, como paralizada de la cintura para abajo, de vuelta hacia el portal de la casa.

Si se mete, yo no voy a entrar a buscarla, pensó Jorge con espanto. *Y si yo no la saco, nadie lo hará.* Se arrojó sobre ella y la montó, a pocos metros de la entrada. Le dio la vuelta y abofeteó repetidamente con la mano abierta, como hubiera hecho con un varón para humillarlo. Evelia lanzó una carcajada.

¿Tú crees que me estás pegando a mí? ¿Tú crees que me estás lastimando?

¡Cállate!, gritó Jorge.

La cara de Evelia acabó roja de tanto golpe. La expresión burlona fue desapareciendo y el brillo extraño se apagó en sus ojos y se puso a llorar desesperada.

¡Jorge, no me pegues, soy yo!, gritó. *Soy yo, ya regresé.*

Jorge la abrazó muy fuerte. Pensó que el peligro había pasado.

7

(Años después Jorge me contó cómo habían hecho para regresar a Boca del Río, cómo terminaron aporreando las puertas de la iglesia de Santa Ana, con una Evelia que pasaba del llanto a la risa siniestra en ciclos de medio minuto. Aquella noche, la primera vez que escuché la historia, la primera vez que salimos, Jorge sólo me contó que habían conseguido un aventón que por casualidad terminó justo en el atrio de esta parroquia de Boca del Río. No dijo nada del tiempo que permanecieron, él y Tacho y las chicas, inmóviles bajo una de las farolas de la brecha, incapaces de hallar en la oscuridad las luces de la carretera, temerosos de estar regresando a la casa maldita en vez de escapar de ella. Tampoco habló de los versos que empezó a recitar, partes de salmos que se había aprendido de memoria cuando de adolescente había acudido unos meses a una iglesia evangélica del barrio, y que sólo ocasionaron que Evelia redoblara la fuerza de sus bramidos: *Guárdame, oh, Dios, porque en ti he confiado; oh, alma mía, dijiste a Jehová, tú eres mi Señor.* La chica vomitaba de furia mientras Jorge oraba. Se retorcía y contoneaba, lanzaba patadas y escupitajos. La decisión de presentar a Evelia ante el cura de Santa Ana había sido suya, pero Jorge no lo confesaría sino hasta muchos años después, bajo la presión de mis preguntas.)

Regresaron al centro de Boca del Río a bordo de una Caribe que se detuvo frente al restaurante de mariscos de la brecha, para darles un aventón. Tuvieron que sentarse encima de Evelia para mantenerla quieta, pues se revolvía como un felino salvaje. El conductor de la Caribe, espantado por la escena, los dejó en el atrio de la iglesia de Santa Ana. Jorge corrió hacia la sacristía y aporreó la puerta. Una mujer gorda le abrió y le preguntó qué deseaba. Jorge le señaló a Evelia, que yacía sollozante sobre el regazo de sus primas, sentadas en la acera. La mujer desapareció y volvió con el cura de Santa Ana. El hombre iba vestido con bermudas, camisa de manga corta y chanclas, seguramente ya se encontraba descansando cuando aporrearon la puerta. Tacho y Jorge le explicaron lo que les había sucedido en el interior de la Casa del Diablo. El sacerdote se acercó a Evelia y la examinó. Le apartó los cabellos empapados en sudor de la cara. La chica gruñó y se sacudió bajo el contacto del sacerdote, pero no dijo nada.

No, muchachos, esta niña está drogada, se pasó de pastillas, concluyó el cura. *Y además apesta mucho a alcohol. O se metió algún estupefaciente o tiene un brote de esquizofrenia. Mejor llévenla a la Cruz Roja.*

Regresó a la sacristía y cerró la puerta.

(*Eso, un caso de histeria, de sugestión*, lo interrumpí, aquella primera vez, incapaz de contenerme. En aquel entonces había leído como 10 veces la novela de William

P. Blatty, *El exorcista*, la que inspiró la famosa película, y recordaba bien los prejuicios de los médicos que atendieron a la niña Reagan, las dudas del padre Karras.

Jorge aceptó que él también llegó a pensarlo en aquel momento. Lo que nunca entendió fue lo rápido que el sacerdote se lavó las manos del asunto.

¿Sabes? Por primera vez entendí ese tipo de películas en donde hacen el efecto ese de que todo se te viene encima. Me sentía en un mundo diferente; la gente que pasaba se nos quedaba mirando, como si fuéramos un espectáculo. No sabíamos qué hacer, y eso que apenas había comenzado.)

Mientras tanto, Evelia se había puesto a dar de gritos otra vez y se revolcaba en la arena de la calle si la soltaban.

No eran ni las 11 de la noche.

Un hombre que había mirado la escena con el sacerdote se les acercó. Era taxista.

Oigan, yo los estoy viendo desde hace rato, ¿qué le pasa a la muchacha?

Los chicos le contaron.

Yo conozco un curandero, y es bueno. Si quieren vamos, es aquí en El Morro, les propuso.

Como la unidad habitacional El Morro se encontraba a menos de 10 minutos de ahí, decidieron subirse al auto. Pasaron la colina de La Tampiquera y avanzaron por Vía Muerta hasta llegar a un terreno bardeado. En medio se levantaba una casita de madera construida con torpeza pero bien pintada. Bajaron a tocar, pero no había nadie.

Qué raro, dijo el taxista. *Este bato siempre está aquí a esta hora…*

El taxista detuvo a un colega y entabló plática con él. Los dos conductores lanzaban ocasionales miradas de reojo en dirección a Evelia, que no dejaba de retorcerse entre los brazos de sus amigos. El segundo taxista se bajó de su unidad y se acercó a ellos. Era un hombre barrigón, lleno de canas, con cara de poca paciencia.

Oye, chamaca, le espetó a Evelia. *Ya párale a tu desmadre, ¿no?* Se inclinó sobre ella y comenzó a abofetearla. *¿Te gustan los chochos, verdad? ¿Te gusta meterte tu thinner, ponerte hasta la madre?* Apretó la barbilla de la chica hasta hacerla enseñar los dientes. *Ya déjate de pendejadas y párate...*

Evelia abrió los ojos y comenzó a reír.

¡Adivina quién está aquí conmigo!, le dijo al taxista. *¡La puta de María Esperanza!*

El rostro cobrizo del taxista se tornó verde. Dio tres pasos hacia atrás, confundido.

¡Tú sabes de quién estoy hablando, tú sabes que está aquí conmigo! ¡YO ME LA ESTOY CHINGANDO!

Jorge estaba a dos metros de ahí, fumando. Vio cómo el hombre volvía corriendo hasta su taxi, cómo tomaba algo que colgaba del espejo retrovisor para enseguida hacerle señas a Jorge para que se acercara.

¿Por qué a mí?, pensó. Y en seguida se respondió: *Porque tú sabías lo que vivía en esa casa y no dijiste nada. Si algo le pasa a esa chamaca será tu culpa.*

Esa niña está muy mal, dijo el taxista. *Llévala a un lugar porque se te va a ir.* Le entregó a Jorge un rosario. *Qué Dios los bendiga. Yo no los puedo seguir.*

Fue el primer taxista el que le explicó a Jorge que María Esperanza era el nombre de la madre del segundo taxista, viejo conocido suyo. Hacía pocas semanas que la señora había muerto.

(*Eso está muy cabrón*, le dije a Jorge después de escucharlo.

Son de las cosas que aún hoy no me explico, me respondió.)

El taxista les dijo entonces que conocía a otra curandera mucho más poderosa, pero que había que atravesar toda la ciudad para llegar a su casa, pues la mujer vivía detrás de la iglesia de la Guadalupana, allá por Revillagigedo, del otro lado de las vías del tren. Se ofreció a llevarlos sin cobrarles ni un peso, para que vieran su buena voluntad. Aceptaron, desesperados.

En el camino perdieron a Betty: cuando volvieron a pasar por la unidad habitacional de El Morro, ella le pidió al chofer que se detuviera. Cruzó el bulevar, se metió a una casa —Jorge supuso que ahí vivía, y se dio cuenta de que tampoco sabía dónde vivían Evelia ni sus dos primas— y salió con un libro en la mano.

Mi mamá no me dejó ir, les dijo.

Le dio el libro a Jorge. Era una Biblia.

Me dijo que te diera esto. No sé para qué te sirva, pero te lo doy.

Tardaron una hora en atravesar Veracruz y llegar hasta aquel barrio de casitas de un solo nivel y enormes baches en las calles. El taxi se detuvo frente a la modesta entrada de una vecindad. Una mujer regordeta parecía estar esperándolos en la acera, pues cuando el taxista se detuvo, la mujer les abrió la puerta de inmediato. Tenía un rostro lleno y afable. Llevaba el cabello muy corto, como un hombre, y teñido de rubio, y no aparentaba tener más de 30 años.

Bienvenidos, muchachos, fue lo primero que les dijo. *Los estábamos esperando.*

Condujo al grupo hacia el interior de la vecindad. El suelo del patio era de tierra; en el centro se levantaba una casucha de madera, muy rústica.

Esta es la casa de La Curandera, les explicó. *Yo soy La Clarividente.*

Hizo pasar al taxista con Evelia en brazos al interior de la choza. Al resto los formó en el umbral.

Tú pasas, le dijo a Jorge. *Tú también,* a Karla. Se volvió luego hacia Tacho y Jacqueline. *Ustedes no pueden. Tú lo traes en la espalda,* le dijo a Tacho, *y la niña lo trae en la pierna. Se quedan afuera.*

Jorge recordó que ambos tenían tatuajes: Tacho, la imagen de una gárgola sobre el hombro izquierdo, y Jacqueline, la de una serpiente enroscada en su tobillo.

(*Pero, ¿cómo lo supo?*, volví a interrumpirlo. *¿Cómo iban vestidos? ¿Será que se los habrá visto?*

Jorge no me hizo caso y siguió con el relato.)

El interior de la choza de La Curandera estaba lleno de velas. Hileras de ellas resplandecían, llenando todas las superficies de la habitación. Sobre una de las paredes colgaban tres retratos: al centro, el de Cristo vestido de túnica blanca, sin corona de espinas, sonriente y relajado como si posara para una foto. Lo rodeaban las imágenes de una mujer muy hermosa, que Jorge pensó era la Virgen, y la de un catrín de mirada enigmática, de piel clara, patillas muy largas y bigotito.

La Curandera era una mujer madura, rotunda, de piel muy oscura y cabello gris suelto hasta las caderas. Tan pronto entró al lugar, ordenó que sentaran a Evelia en un sillón colocado en medio de la estancia y que fueran Jorge y el taxista quienes la sujetaran de los brazos. La mujer tomó un ramo de yerbas de una mesa y comenzó a azotar con ellos el cuerpo de Evelia, mientras invocaba una retahíla de santos católicos.

Evelia, mientras tanto, hacía lo suyo: aullaba y bramaba y escupía con una voz atronadora.

La Curandera tomó un huevo y se lo pasó a Evelia por las sienes, pero el huevo se reventó tan pronto tocó la piel sudorosa de la chica. Un segundo huevo corrió la misma suerte. La Curandera tomó entonces un limón y unas tijeras; rayó una cruz sobre el limón y se lo untó a Evelia por el cuerpo. El fruto pronto se puso amarillo, con manchas marrones, como si se hubiera podrido.

Para entonces, Evelia se sacudía tan fuerte que Jorge tuvo que hacer un gran esfuerzo para impedir que el cuerpecillo de su amiga se levantara del asiento. Ya no reía ni lloraba; mostraba los dientes y las encías ennegrecidas e intentaba morder a Jorge y al taxista, a la propia curandera. Las venas y tendones de su cuello parecían cables a punto de reventar.

¡Me estaba buscando! ¡Ella me andaba buscando y aquí estoy!, repetía, enfurecida.

La Curandera bañó a Evelia con agua bendita. La chica chilló como si la estuvieran acuchillando.

¡Sal, espíritu impuro, en nombre del señor Jesucristo, en nombre de su bautizo, en nombre de su crucifixión, en nombre de su resurrección!, decía La Curandera. Eran las únicas palabras, en la retahíla de aullidos que se escuchaban, que Jorge comprendía, hasta que Evelia volvió a gritar en español:

¡Ella me llamó, ella me fue a buscar! ¡ESTA PERRA ES MÍA!

Las llamas de las veladoras, cientos de ellas, fundidas con su propia cera a las superficies de las mesas y las estanterías de las paredes, chisporroteaban salvajemente con cada sílaba que Evelia escupía. Cada vez que la chica gritaba, las mechas de las candelas tronaban y despedían chispas, como si las hubieran rociado con pólvora.

8

(Años después, cuando Jorge y yo ya vivíamos juntos, le pedí que me contara de nuevo la historia de la Casa del Diablo. Compramos cervezas y nos arrellanamos en los diminutos sofás que venían con la casa que rentábamos. Dos de las cuatro paredes de la sala tenían grandes ventanales; con las luces encendidas sólo podíamos ver el reflejo de la habitación y de nuestros propios rostros y no la oscuridad de la noche, lo que resultaba algo inquietante.

¿Y nunca pensaste que todo podía ser un truco?, le pregunté. *Las velas podían haber tenido alguna especie de sustancia que las hiciera estallar, o incluso pudieron haberles echado algo...*

Y el limón a lo mejor yo me lo imaginé verde, ¿no? O pudieron haberlo cambiado sin que nos diéramos cuenta, lo sé..., aceptó Jorge. *Pero pasaron más cosas... ¿Cómo supo Evelia lo de la madre del taxista? ¿Cómo entre todos apenas podíamos sostenerla, si la chamaca no pesaba más de 40 kilos?*

La fuerza de los dementes, repliqué, *puede…*

¿Y la luz de los focos de afuera?, me interrumpió. *¿La luz que se iba y regresaba?*

Alguien pudo haberla controlado desde afuera, sugerí.

Jorge sacudió la cabeza.

¿Sabes qué sentía durante el ritual? Se me figuraba que La Curandera aquella era como un ingeniero en sistemas, como el cuate al que llamas todo histérico porque tu máquina tronó y él te dice: "Ok, ¿ya se fijó que la computadora esté conecta-da?". O sea, empezó desde cero: la albahaca, los huevos y de ahí fue subiendo. Hasta sus rezos iban volviéndose cada vez más intensos; después de un rato hablaba en lenguas que yo no podía entender…

Glosolalia, dije, apelando a mi memoria y a los libros que me había puesto a leer para tratar de entender aquella historia.

Como sea… ¿Y la lluvia del principio? ¿Y la loca? ¿Y la cosa de las escaleras? ¿Y el tipejo de la reja? ¿Cómo explicas todo eso?

Me di cuenta de que mis dudas lo habían ofendido, por lo que guardé silencio.

Cuando estaba ahí adentro, agarrando a Evelia, una de las últimas cosas que me acuerdo es del fuego: La Curandera se puso a dar vueltas alrededor de nosotros, como bailando, y de pronto aventó algo al suelo y el taxista y Evelia y yo quedamos encerra-dos en un círculo de fuego, un círculo con llamas que me llegaban aquí, a la cadera. La Curandera saltó sobre las flamas, las atra-vesó como si nada, y se fue derechito hasta donde estaba Evelia, la agarró de los pelos y se puso a gritarle en la cara. Parecía que quería comérsela…

¿Y tú qué pensabas?

Yo estaba en shock, dijo. *En el shock de la realidad. Eso es lo peor, cuando tus ideas empiezan a claudicar y esa madre, esa cosa que no entiendes, te empieza a invadir. Porque si tú claudicas, esa madre te invade, no queda un vacío. Esa madre viene y tú la aceptas como real.*

No te entiendo, le confesé.

Era como una lucha en mi interior. Una lucha constante entre la razón y lo que estaba viendo.

Le pregunté por Evelia, sobre cómo lucía.

Si yo pudiera llevar toda esta madre a una película, me dijo, *se acercaría mucho más a* El exorcismo de Emily Rose *que a* El exorcista: *los gritos, las caras, las voces, los ojos así como si se hubiera metido 10 tachas...*

¿Y cómo se llamaba el demonio?, le pregunté.

Para realizar un exorcismo, es necesario conocer el nombre de la entidad que domina a la víctima. Es un dato clave, omnipresente en la literatura del tema, tanto en el Ritual Romano como en los grimorios medievales que iniciaban a sus lectores en los rituales de invocación del demonio. Sin nombre no hay contrato.

Ahora no, me dijo, con el rostro serio y sus bellos ojos despidiendo una furia helada, contenida. O tal vez sólo era miedo. *Te lo digo después, cuando no estemos chupando.*)

9

Después del espectáculo del fuego, Jorge aprovechó que La Curandera salía un momento del cuarto para escapar de ahí. Vomitó en el patio, pura bilis. Los focos de la vecindad se prendían y apagaban como si la instalación eléctrica sufriera altibajos de corriente. Tacho, Jacqueline y Karla seguían ahí. Betty había llegado con su madre. Era la una de la mañana.

La Clarividente ha estado llame y llame a otras guías de Catemaco y de San Andrés, para que ayuden desde allá, le explicó Tacho.

¿Por teléfono?, preguntó Jorge.

Tacho movió la cabeza. Él sí sabía lo que era una "guía". Su madre, doña Ana, participaba asiduamente en las ceremonias que los centros espiritistas de diversas denominaciones celebraban con frecuencia en varios puntos de la ciudad, e incluso se sabía que la mujer poseía algunos "poderes". En estos rituales se liberaba a los "pacientes" de las "malas vibras" que circulaban en la atmósfera siempre viciada del puerto, o de los "trabajos" que brujos sin escrúpulos aceptaban conjurar, pagados por los enemigos de las víctimas. Estas ceremonias eran —y son aún— tan populares entre los veracruzanos que incluso la Iglesia católica ha empezado a ofertar regularmente "misas de sanación y liberación" (advocadas por la corriente Renovación Carismática del Espíritu Santo) para no perder feligreses.

¿Ya le hablaron a los papás de Evelia?, preguntó Jorge.

Ya, ya vienen en camino, dijeron las chicas.

A pocos metros de ellos, La Curandera, La Clarividente y un pequeño grupo de mujeres recién llegadas discutían el "tratamiento".

¿Ya la "limpiaste"?

Ya, y nada, respondió La Curandera.

¿El círculo de fuego?

Tampoco.

¿Ya dijo su nombre?

Es muy fuerte, no se quiere ir. Ya amenazó que a las cuatro con dos de la mañana se la lleva.

Entonces no queda de otra: hay que mandarlo a llamar, dijo La Clarividente.

Yo lo hago, respondió La Curandera. *Me debe favores.*

10

Jorge ya no quiso entrar a la choza cuando La Curandera regresó. Lo miró todo desde afuera, desde el umbral: cómo las señoras desnudaron a Evelia y le pusieron una bata alba; cómo azotaron el cuerpo de La Curandera con manojos de yerba, para "purificarla". Y entre rezos y salmodias en quién sabe qué idioma, La Curandera comenzó a mecerse sobre sus pies, girando en círculos cada vez más inestables, hasta que eructó ruidosamente y luego cayó desmayada al suelo. Las mujeres se aprestaron a socorrerla, pero antes de que pudieran sujetarla de los brazos, La Curandera ya se había levantado y, arreglándose las ropas como si llevara puesta una chaqueta muy fina, comenzó a caminar por la habitación, dando grandes y seguras zancadas. La energía que ahora la animaba era claramente distinta, masculina.

Muy buenas noches tengan todos ustedes, saludó a los presentes, con voz engolada. *Mi nombre es Yan Gardec y estoy aquí para ayudar a esta hermanita.*

Se volvió hacia el sofá en donde Evelia se encontraba sentada, mirándolo.

Yo te conozco, le dijo, señalándola con el dedo índice.

La cosa que moraba dentro de Evelia ladró.

Tú y yo nos hemos batido muchas veces, prosiguió Gardec. *Es hora de que dejes en paz a esta muchacha.*

¡Ella me estaba buscando!, bramó la cosa que moraba en Evelia. *¡Hace mucho tiempo que ella me estaba llamando! ¡Y me la voy a llevar!*

¡NO!, tronó Gradec. *¡Ella no te pertenece! ¡Ella es de Dios! ¡Márchate y no regreses!*

¡No me iré con las manos vacías!

Yan Gardec se cruzó de brazos. Se retorció la punta de los bigotes invisibles con los dedos de sus manos.

Algo has de querer a cambio de esta niña. Pide, y se te concederá.

La cosa que estaba dentro de Evelia comenzó a morder el aire, entusiasmada.

¿Qué tal un cabro?, sugirió Gardec, en tono condescendiente. *Un cabro macho todo negro, parido de cabra negra en la luna llena...*

Fue entonces cuando Evelia, o lo que estaba dentro de ella, comenzó a dictar sus peticiones con aquella voz rota y rasposa, pero Jorge ya no quiso quedarse a escuchar. Salió de la vecindad, a la calle. Moría por un cigarrillo, por sentir el pecho lleno de otra cosa que no fuera pavor.

Un taxi se detuvo junto a la acera. De él bajó doña Ana, la madre de Tacho.

Jorge suspiró aliviado. Era bueno ver un rostro conocido.

Pero doña Ana no lo saludó; lo hizo retroceder hasta la pared con su mirada rabiosa.

Ya ven, por andar de pendejos, se lo toparon de frente.

11

(Otro día, en el año 2010, fuimos a buscar la dichosa vecindad donde había tenido lugar el exorcismo. Enfilamos rumbo a la iglesia de la Guadalupana, y tras mucho preguntar, dimos con la vecindad. Ni la choza ni La Curandera estaban ya. Tampoco La Clarividente. Los vecinos nos dieron indicaciones vagas —lo suficientemente vagas como para que no lográramos entenderlas— para llegar a la nueva dirección de lo que ellos llamaban El Templo. No pudimos dar con él, a pesar de que estuvimos dando vueltas durante un largo rato.

Yo había leído algunos libros sobre la presencia de sectas espiritistas y espiritualistas —también llamadas trinitarias marianas— en Veracruz. Era un tema que me interesaba por la cantidad de gente en esta ciudad que daba por cierta la capacidad de los espíritus de los muertos de volver al mundo a auxiliar a los vivos, o a hacerles daño, dependiendo de su carácter y temperamento, y no tanto porque yo creyera en esos asuntos.

Jorge, le dije, de camino a casa. *Ese tal Yan Gardec, ¿no sería Allan Kardec?*

Le conté que Allan Kardec era el seudónimo del escritor francés Hippolyte Léon Denizard Rivail, fundador, a mediados del siglo xix, de la doctrina del Espiritismo. Que en el Archivo Histórico de Veracruz en donde había hecho mi servicio social tenían las dos primeras ediciones de las obras más importantes de Kardec: *El libro de los espíritus* y *El libro de los médiums*. De hecho, la biblioteca del Archivo Histórico estaba llena de obras de tema espiritista: novelas, libros "técnicos", publicaciones periódicas en francés y en español dedicados a la difusión de esta doctrina filosófica, que tan de moda había estado en México entre los círculos intelectuales de finales de siglo. Cómo habría pasado a convertirse Allan Kardec, más de un siglo después de su muerte, en un santón del panteón espiritista jarocho, era algo que yo no lograba explicarme, pero la sola idea de una reelaboración simbólica semejante me sumió en un *rush* de trepidante agitación mental.

Cuando llegamos a la casa, corrí por la computadora para mostrale a Jorge los retratos que pude encontrar en Google de Kardec. Le pregunté si alguno de ellos era el mismo que colgaba de la pared de la choza de La Curandera.

Jorge vio las imágenes un segundo.

Puede ser, respondió.

Volví a preguntarle el nombre del demonio.

De nuevo se las arregló para eludir una respuesta.

Yo había transcrito en mi cuaderno de notas los nombres de los demonios que aparecen en el *Grand Grimoire*, un supuesto libro de encantamientos que databa del siglo xviii, conocido también como el *Gran Grimorio*, y que yo había hallado con facilidad en internet. Este texto, al igual que los supuestos opúsculos de San Cipriano, San Honorio, el propio rey Salomón y Merlín el Mago, presentan claves y fórmulas mágicas para invocar demonios, hablar con los muertos, ganar la lotería, hacer que alguien baile desnudo en contra de su voluntad y fabricar pegamento para porcelana, entre otras útiles recetas.

Le mostré a Jorge la página en donde había escrito los nombres demoniacos.

Ese, fue todo lo que me dijo, señalando un nombre que no quiso decir en voz alta: Satanachia, el gran general de los infiernos, mano derecha de Lucifer, jefe de Pruslas, Aamón y Barbatos. Su principal poder, según el *Gran Grimorio*, es el de volver joven o viejo a quien se lo pida, pero también el de subyugar a niñas y mujeres para hacer lo que él quiera.

Días después, cuando ya me encontraba escribiendo este relato, le pedí a Jorge que fuéramos a casa de Tacho y de doña Ana, para hablar con ellos y tratar de localizar a los demás testigos del exorcismo de Evelia. Jorge se encargó de localizar a su viejo amigo, pero me decepcionó enterarme de que ni Tacho ni su madre querían hablar del asunto. Pero, en cambio, le contaron que Evelia había terminado casándose con un muchacho de la colonia Flores Magón llamado Rubén, al que en el barrio apodaban El Sapo y era famoso porque sólo soñaba con las personas que iban a morir.

No me extraña que no quiera hablar, dijo Jorge. *Está cabrón ver al diablo. Todos lo vimos esa noche.*)

12

Durante los meses que siguieron al horror de la casa del Estero, Jorge evitó a sus amigos. No fue algo deliberado; simplemente comenzó a frecuentar otros círculos, a pasar más tiempo en casa con la abuela.

Después supo, por Jacqueline, que los padres de Evelia llegaron después de que el exorcismo hubiera terminado, y que se negaron a creer lo que La Curandera les contó sobre su hija. Pensaron que se trataba de una estafa, pues la mujer les exigió un pago de 5 mil pesos para poder completar el ritual de liberación, que incluía el sacrificio de un chivo en el plazo de unas semanas. Según Jacqueline, Evelia estuvo bien un tiempo y luego, un día de repente y sin previo aviso, se encerró en su cuarto y se negó a salir. Atacaba a sus padres, se defecaba encima, se azotaba contra las paredes y se hacía daño con las cosas que rompía. Los padres la llevaron con médicos y psiquiatras, sin resultado alguno. Uno de ellos incluso les sugirió que internaran a la chica en una clínica de salud mental.

Tiempo más tarde, esta vez por boca de Betty, Jorge se enteró de que al final, desesperados por no poder curar a su hija, los padres de Evelia cedieron a la presión de familiares y amigos que insistían en que la llevaran a las misas de liberación de Puentejula, un poblado ubicado a pocos kilómetros del puerto de Veracruz. El pueblito, de poco más de 3 mil habitantes, es famoso por los exorcismos que el sacerdote católico Casto Simón realiza en la parroquia de San Miguel Arcángel, durante la misa llamada "de liberación". Esta ceremonia tiene lugar todos los viernes a las tres de la tarde; se oficia en latín y arameo y su colofón incluye un ritual de expulsión demoniaca que dura varias horas.

Según Betty, Evelia era siempre la primera de todos los endemoniados de Puentejula en retorcerse y caer al suelo. Pronto fue obvio para el padre Casto y los oficiantes que la chica requería un exorcismo especial, al que finalmente accedieron los angustiados padres.

Dicen que amarraron a Evelia junto con un puerco al borde de una barranca, allá por Rinconada, y empezaron el exorcismo, le contó Betty, aquella última vez que se vieron. *Que en algún momento el demonio se salió de ella, se metió al marrano y entre todos los que estaban ahí lo aventaron al vacío.*

Aquella primera cita nos marchamos del bar cuando Jorge terminó su extraña historia. Caminamos hasta mi casa; yo, pegada a la pared, él junto a la acera. No había conocido nunca a un chico que insistiera tanto en que camináramos de aquella manera: lo hacía para protegerme, me explicó; para que la gente que nos viera no pensara que él me estaba "vendiendo". Yo estaba intrigada y bastante ebria. Jorge seguía con sus preguntas trascendentes:

¿Cuál es tu filosofía de vida?, me preguntó en algún momento, a espetaperros.

Si hubiera tenido la edad que tengo ahora (30 años al momento de escribir esto; justo la edad que él tenía cuando nos conocimos) me hubiera partido de la risa. Pero sólo tenía 24 años, así que fui sincera cuando dije:

No tengo ni puta idea.

Quise entonces preguntarle algo que había estado pensando toda lo noche.

¿Neta realmente crees en el diablo?

No te puedo decir que no exista, me dijo. Comenzó a llover de nuevo. *Sería muy egoísta decirte que no: vivimos en un universo vastísimo, manejado por energías incomprensibles, inconmensurables. Nosotros los humanos somos unas micromierdas en medio de este universo, no somos nada. Lo que sabemos no se compara con todo lo que nos falta por conocer, todo lo que no podemos controlar.*

En aquel entonces yo no entendía que Jorge habitaba un mundo distinto del mío; estaba, supongo, más ocupada en enviarle las señales correctas para que me besara. Lo comprendí después, cuando ya era tarde, cuando las diferencias entre nosotros fueron demasiado grandes y dolorosas como para negarlas; cuando él se fue y yo me quedé sola, con el perro y el gato y la mitad de las cosas que habíamos comprado juntos.

Pero aquella noche de mayo yo ignoraba todo eso. Aquella noche de mayo nos llovió mientras Jorge me acompañaba a casa. Y antes de que yo abriera la puerta y entrara, nos abrazamos, sin besos, sólo con las ganas, y nos dijimos buenas noches.

Fue así como conocí a mi primer marido. Fue así como me enamoré de las historias que contaba.

III

SOMBRA

NO SE METAN CON MIS MUCHACHOS
Apuntes para una crónica de la llegada del *crack*
al puerto

El 4 de octubre de 2009 el narcotraficante veracruzano Lázaro
Llinas Castro fue condenado a 32 años de prisión. Estos apuntes
narran su ascenso y caída como capo de la cocaína en el llamado
primer puerto de México, y narran también las historias de va-
rios adictos que sobrevivieron al terrible vicio que Llinas Castro
introdujo comercialmente: la piedra de cocaína.

Harto del calor, de las comidas basadas en garnachas, de la
peste a sobaco y encierro del cuartel, el secretario de Seguridad Pública de Veracruz se sacude de encima al matón
que le cuida la espalda y escapa hacia la capital del estado
a bordo de su automóvil. Hace semanas que no ve a su
familia, justo desde que iniciaran las amenazas telefónicas.

A la altura de Rinconada, en medio de una insistente
llovizna, dos camionetas negras se le pegan a los costados;
una tercera unidad irrumpe desde una brecha rural y lo
encajona. A punta de rifle, cuatro encapuchados lo obli-
gan a bajar del vehículo.

Te voy a pedir que tus muchachos no se metan con los míos, es lo primero que le dice el patrón de los sicarios, cuando al fin logran meterlo a empujones a una de las camionetas. Lo que a continuación escucha el secretario es el nombre completo de su mujer, la dirección de su residencia en Xalapa, los horarios de los colegios privados a los que asisten sus hijos.

El patio del doctor Careló está en la colonia Pocitos y Rivera, encima de una loma desde la que pueden verse los patios del recinto portuario e incluso el mar, si no está nublado. El doctor Careló ha colocado sillas de plástico en su descuidado jardín. Sentado en una de ellas, Pancho Pantera forja un cigarro de mariguana, pensativo. Se ha dejado crecer el bigote y lleva los cabellos pintados de negro, para que no lo reconozcan en la calle, según.

Tengo que pensar bien cómo me voy a chingar a esos batos, murmura, pero no habla con nadie: maquina.

Pancho Pantera acaba de salir del penal Allende, después de cumplir una pena de cinco años por el delito de delincuencia organizada. Era un ladrón legendario que se dedicaba a estafar a la mafia local: se hacía pasar por agente de ventas de los cárteles y ofrecía cocaína a precio de mayoreo a empresarios locales. Acudía a la cita con una bolsa llena de cal, pero antes de que el paquete pudiera ser abierto para probar la calidad de la mercancía, una decena de malandros armados y vestidos con playeras de la PGR —el equipo de seguridad de Pancho— irrumpía en el lugar de la reunión y confiscaba la "droga" y el dinero a cambio de la libertad de los presentes. Pancho se quedaba con la mitad del botín y el resto lo repartía entre los malandros.

Pero cuando salió del tambo, Pancho Pantera ya no pudo dedicarse a este negocio. Ahora Los Zetas lo controlaban todo.

No quieren socios, esos batos quieren asalariados, dice Careló, que sabe en qué piensa Pancho.

Tengo que encontrar la manera de chingarlos…

La punta del cerillo resplandece en la penumbra. Huele a campo en aquel patio.

Están en todas partes, dice Careló, resignado.

Pancho Pantera sonríe.

Allá adentro, dice, y su barbilla apunta brevemente colina abajo, hacia el centro, hacia el sitio en donde se levantan los muros de 10 metros en donde ha pasado los últimos cinco años de su vida, *son ellos, los presos zetas, los que mandan a los custodios a castigo.*

Hijo de madre soltera, El Pollero fue criado en un hospicio y entrenado desde chico para el encierro. Aprendió el oficio de pollero pero odiaba madrugar, odiaba destazar la carne de los animales, la peste que le quedaba en las manos todo el día. Su verdadero sueño era convertirse en narco y salir de la pobreza. De tanto pensar en aquello se le ocurrió una estrategia para darse a conocer entre los círculos mafiosos: comenzó a llevar el pollo que le sobraba a los presos del penal Allende. Después de semanas de darse a ver, un guatemalteco lo mandó a llamar: le agradeció los alimentos y lo premió con su primer conecte: un botín de droga oculto en el interior de una camioneta decomisada. Lo único que El Pollero tenía que hacer era hacerse pasar por familiar del hombre y llevarse la camioneta.

Las autoridades le negaron al Pollero el permiso para disponer del vehículo de su "tío", pues este había sido usado en la comisión de un delito, pero El Pollero logró convecerlos de que sólo buscaba unas "estampitas religosas" que se habían quedado en la guantera; nada de valor, por supuesto, puros "recuerdos familiares". Y en el sitio indicado por el guatemalteco encontró dos kilos de cocaína.

Cuenta la leyenda que, al llegar a su casa con la droga, el Pollero corrió hacia el fogón y pateó la olla de frijoles que siempre hervía encima.

Ya estamos en el negocio. Ahora vamos a comer como los ricos, dijo, y mandó a pedir cocteles de marisco para toda la familia.

Hasta los años treinta del siglo pasado, el clorhidrato de cocaína podría adquirirse en forma de comprimidos en diversas farmacias del puerto. Fue en una de ellas, La Parroquia, ubicada en el corazón del Centro Histórico, donde el Hijo Predilecto de Veracruz, el cronista y poeta, Francisco Rivera Ávila, laboró como farmacéutico y obtuvo el sobrenombre con el que firmaría sus décimas, "Paco Píldora".

Tras la prohibición de esta y otras drogas, la oferta y la demanda del alcaloide fue acaparada por un selecto círculo de empresarios, dueños de las grandes agencias aduanales del puerto, de los hoteles y los bienes raíces. La droga colombiana llegaba en contenedores, a través de buques provenientes de Sudamérica, o atravesaba el Caribe a bordo de avionetas, hasta llegar a las bodegas en Mérida y Chiapas, para acabar en las narices de empresarios y *juniors* del puerto.

Habría que esperar hasta los años noventa para que la cocaína cruzara la avenida Circunvalación —esa línea simbólica que divide el centro y sur de Veracruz (la ciudad-museo, propiedad de criollos y nuevos ricos) de las colonias periféricas (los reservorios del salvajismo)— y se ofertara a precios asequibles a la población. Porque hasta entonces, hasta el ascenso de Lázaro Llinas Castro como principal capo de las drogas en el puerto, el comercio de marihuana o pastillas psicotrópicas en las colonias populares de Veracruz era desdeñado por las autoridades y catalogado como simple "suministro entre viciosos": vendedores de poca monta que generaban escasas ganancias pero que eran admirados en sus comunidades. Gente como la familia de Lázaro Llinas.

Carnicero de oficio, a Lázaro se le conocía en el puerto como el *Rey de las Pastas*, aunque sus familiares cercanos le apodaban *El Loco*. De abuelo y padre vendedores de mariguana, Lázaro da su primer golpe cuando denuncia al Pollero ante las autoridades y se adueña de su coca, de su "plaza" y hasta de su mujer, Claudia. Instala su primera "tiendita" en una privada ubicada en las calles de Canal y Victoria. Algunos afirman que la fila para comprar perico era tan larga que, especialmente de mañana, parecía la de una tortillería.

Con el tiempo, Lázaro se convierte en el nuevo rico de Veracruz. Manda a que le arreglen los dientes y a que le respinguen la nariz con cirugía plástica. Llega incluso a comprar un yate y un equipo de futbol de tercera división, el célebre Gloisa, que ese mismo año se disputaría la copa de la liga *amateur* en el estadio Luis "Pirata" Fuente, casa de los Tiburones Rojos de Veracruz. Kalusha, François Omam-Biyik, Antonio Carlos Santos, Luis García y *El Turco* Mohammed fueron algunos de los deportistas que Lázaro Llinas solía contratar como cachirules para elevar el nivel de los encuentros deportivos.

Sobre la calva del doctor Careló brilla el foco desnudo de la sala. En sus manos sostiene la foto en donde aparece el Yiyo encendiendo una pipa.

Se pegaba unas peídas tremendas cuando los de la tiendita le despachaban coca de mala calidad, recuerda. *Por eso me pidió que hablara con Lázaro, que intercediera.*

Yiyo no tenía trabajo. Ni siquiera tenía que salir de su casa: todos los días llegaba alguien con drogas y alcohol. Pero estaba cansado de la coca rebajada con laxantes y sabía que Careló frecuentaba al clan de los Llinas, no al *Loco* en persona sino a su primo hermano, Lazarito, un muchacho que solía visitar al doctor en secreto para fumar mariguana en paz y no tener que compartirla con su familia.

(En la familia Llinas Castro, como en novela de García Márquez, todos los hombres se llaman Lázaro y todas las mujeres Gloria Isabel; de ahí el apócope Gloisa con que Lázaro bautizó a su equipo, en honor a su madre.)

Lazarito tenía ocho años cuando llegó por primera vez a esta casa. No sabía ni ponchar pero se chingaba dos churros él solito, uno detrás del otro, cuenta Careló.

Ya adolescente y durante un baile en Capezzio's, Lazarito sufrió una trombosis que le dejó paralizadas las piernas. A través de sesiones de masaje y acupuntura, el doctor Careló lo hizo caminar de nuevo, y era por ello que la familia del *Rey de las Pastas* le prodigaba un trato deferente.

El doctor Careló habló con las primas de Lázaro.

Me dijeron que de ahora en adelante pidieras "la del zapato", le dijo a Yiyo.

Por supuesto, se refería a la cocaína de mejor calidad que los vendedores escondían en una caja de zapatos.

Agradecido por el dato, el Yiyo le otorgó un lugar preferente a Careló en las reuniones de su casa, que para entonces ya empezaba a ser conocida como el "Templo del Vicio" entre los atascados de la colonia.

Dentro del Templo del Vicio reinaba el silencio. Sólo se escuchaba el golpeteo de la navaja contra la superficie del enorme espejo. Los ojos de todos los presentes estaban fijos en las manos de Yiyo, que partía las rocas de cocaína y frabricaba las líneas gordas y kilométricas que a continuación inhalaban, el doctor Careló antes que todo el mundo. Sólo después de que todos los presentes estuvieran bien puestos, daba inicio la tertulia: se hablaba de todo y de nada, se escuchaba y bailaba música, sobre todo jazz y salsa, se fornicaba, se inhalaba más, se fumaba.

Una noche, un chilango, mimo de oficio, visitó la casa de Yiyo y le mostró la manera de hervir bicarbonato sódico o amoniaco con clorhidrato de cocaína para fabricar "piedra". El éxito del nuevo platillo fue absoluto. Y Yiyo pasó de ser el burrero del Templo a adquirir el rango de Gran Cocinero.

¡En esta casa no se vuelve a inhalar!, decretó, después de consumida la primera alectoria.

Pero no duraría mucho tiempo en terminar inmolado en el altar de su propio templo.

Aunque los mecanismos de la adicción a la cocaína convertida en *crack* —la "piedra" o "base"— no han sido aún del todo establecidos por los investigadores, su uso está relacionado con una grave dependencia cuyo síndrome de abstinencia se manifiesta en insomnio, fatiga, apatía y depresión grave.

El efecto del *crack* es efímero: después de arrojar el humo del primer tanque, el cerebro y las entrañas ruegan por una segunda dosis. La "piedra", al igual que las metanfetaminas, es una droga diseñada para un consumo reiterado; un éxito de la narcomercadotecnia que empobrece al usuario y lo hace presa de sus más bajos instintos.

Atento a las modas y deseos de sus clientes, *El Loco* Llinas añade este nuevo platillo al menú de sus "tienditas". Las aleja del centro y establece nuevas "plazas" en las colonias del oeste y el norte de la ciudad. Adquiere una manzana entera del Infonavit Buenavista y diversifica sus servicios: sus "tiendistas" no sólo funcionan como expendios de droga sino que sirven también para esconder secuestrados y almacenar armas y lotes de mercancía robada.

Agentes de la PGJ lo detienen varias veces, incluso dentro del aeropuerto; el dinero y los contactos con autoridades estatales y federales lo salvan. La suerte le dura hasta el mediodía del miércoles 18 de julio de 2001, cuando un comando de la FEADS irrumpe en El Sanborncito, un restaurant ubicado en el corazón del barrio de la Hueca, en donde Lázaro Llinas solía desayunar en compañía de locales, muchos de ellos periodistas y miembros de las fuerzas de seguridad. La leyenda cuenta que, mientras los agentes federales lo arrastraban hacia la salida, el mayor capo del puerto dejó un reguero de orina sobre el piso de mosaicos.

Para el doctor Careló, existen dos tipos de adictos: los que fuman el *crack* en pipa (los exquisitos) y los que lo hacen en una lata perforada (los miserables).

Sobre la mesa de la cocina yace su máximo orgullo como artesano: un tubo de vidrio, ennegrecido, con una maraña de alambre anudada en un extremo. La "piedra" se fijaba entre los hilos de cobre y se calentaba a fuego lento con un mechero de alcohol; de esta manera, Careló evitaba que los preciosos vapores de la "piedra" se desperdiciaran en el aire. Incluso llegó a calcular en miligramos los ingredientes necesarios para una cocción perfecta. Era un simulacro estequiométrico en el que intervenían, en partes iguales, los conocimientos adquiridos en el laboratorio de química de la preparatoria y el fervor codicioso de la dependencia.

Porque el doctor Careló no es médico. Le dicen así por la cara de loco que tiene. Careló, careloco.

¿Por qué dejaste la "piedra"?, le pregunto.

Careló mira hacia la puerta, hacia el patio. Por primera vez noto la depresión mullida que señala en su cabeza la falta de un pedazo de cráneo: el recuerdo de un tiro que recibió en la selva de Nicaragua, cuenta él, cuando jugaba a ser guerrillero.

La única "piedra" buena es la primera, dice. Sientes como si hubieras agarrado a Dios de las orejas. Las demás nomás son una cabronada que te haces a ti mismo.

¿Y si te invito una?, pregunto, para calarlo.

Para tentarme tendrías que traer un kilo, como mínimo, mamacita.

Muchos conectes independientes han desaparecido en los últimos años, pero aún es posible comprar cocaína, en polvo o en "piedra", en esta colonia de colinas deslavadas por las lluvias. Como las tiendas de conveniencia, funcionan las 24 horas del día. Los empleados apenas han dejado atrás la infancia; reciben 300 pesos por turno de 12 horas. Cualquier faltante durante el corte de caja es castigado mediante tablazos, 10 por cada "grapa" perdida, en las asentaderas. La reincidencia es nula, pues los infractores la pagan con la propia vida.

La policía conoce la ubicación de las tienditas de Los Zetas, pero no interfiere. El mensaje es claro: *que tus muchachos no se metan con los míos.*

UN BUEN ELEMENTO

Lo primero que uno nota del Fito es su panza. Y más si va sin camisa. Tiene un vientre descomunal y prieto surcado de cicatrices de navajazos, marcas gordas y encimadas como estrías descoloridas.

Sus ojos son dos rendijas que brillan con la inocencia estrábica de las caritas totonacas, igual que su sonrisa llena de pequeños dientes afilados. Lleva el pelo cortado al rape, no porque así lo exijan los patrones, sino porque odia que los compañeros se burlen de sus ricitos.

No quiero que me digan Kalimba, loco. Yo soy El Fito, explica orgulloso, y se golpea el pecho con la manaza. Sus dos papadas se sacuden como gelatina.

El Fito nunca soñó con ser narco, aunque en su tiempo fue ratero, asaltante y drogadicto. De eso último le quedó sólo el vicio de la marihuana, después de haberse pasado la adolescencia fumando "piedra". Las cosas cambiaron cuando supo que su mujer había quedado embarazada de su hija.

Cómo iba yo a andarle quitando el pan a la niña...

Su hija es una versión a escala de él mismo, igual de oronda y achocolatada, que nos presume sus movimientos reguetoneros, casi tan hábiles como los de las bailarinas profesionales, al ritmo del *"Za za zá"* de Oskar Lobo. El Fito dice que no le importa fumar marihuana enfrente de ella, que aún está muy chica para darse cuenta de nada, pero no puede ocultar la pena que le embarga cuando, en medio de una nube espesa, la nena se niega a acudir a sus brazos y se oculta llorando en el regazo de su madre.

Porque El Fito hace todo por ellas. O eso es lo que dice. Hace un año estaba sin chamba y sin dinero, sufriendo porque el techo de su casa de interés social se desmoronaba a causa de las lluvias y la negligencia impune de la constructora. Lo habían corrido de la agencia aduanal donde trabajaba por culpa de la crisis económica; los dueños hicieron un recorte de personal y su carencia de estudios le valió el despido.

Penó por varias oficinas del centro: gordo, inmenso y sudoroso, con ese rostro de malandro que, cuando serio, provoca temor, y un currículum enteco, con faltas de ortografía.

Es un buen elemento, comenta el Chilango, excompañero de la agencia aduanal en la que El Fito trabajaba. *Aquí el vato chambeaba puros rojos. Cuando caía la luz roja en el semáforo de la Aduana, la jefa siempre lo mandaba a llamar al gordo; sabía que se quedaría hasta despachar la mercancía, aun así dieran las tres o cuatro de la madrugada, y que al día siguiente iba a estar a las ocho en la oficina. Y eso que nomás le pagaban como 4 mil pesos mensuales.*

El Chilango suspira. Revuelve el último trago de cerveza en la botella como si se tratara de coñac, antes de dar el último sorbo.

Ese pinche marrano es bien noble, tiene un corazón de oro: es capaz de quitarse la camiseta por uno. Lástima que ahora ande con esos batos y no sepamos nada de su vida.

El Fito ingresó a "la compañía" gracias a un viejo amigo que venía del norte. Se encontraron en la calle y quedaron de verse para recodar tiempos pasados. Pocos días después ya estaban fumándose unas motas y cenando en las famosas tortas El Gallo. El amigo le confesó que trabajaba para Los Zetas; y después de enterarse de la mala racha por la que El Fito estaba pasando, lo invitó a solicitar su ingreso a "la maña".

Al día siguiente, El Fito se presentó a una entrevista. Eran tres los candidatos. El patrón los golpeó a todos con la cacha de su pistola y amenazó con matarlos si se rajaban. *¡Aquí nadie se pasa de verga! ¡Aquí vienen a chambear, hijos de la chingada!*, bramaba el patrón, jefe de la "plaza" y prófugo reciente del penal de Saltillo: nada más y nada menos que Ezequiel Cárdenas Guillén, mejor conocido como *Tony Tormenta*.

Pero El Fito no rajó. Aguantó los 15 días de encierro de la "prueba" y fue contratado como "maquilador", a 2 mil 500 pesos a la semana, más el "bono de lealtad". Trabajaba dos o tres días seguidos, a veces hasta una semana entera, en una casa maltrecha, de apariencia abandonada, que "la compañía" poseía en el fraccionamiento más alejado de la ciudad. Lo sentaban ante una mesa y le ponían enfrente un tabique de coca: El Fito aprovechaba la agilidad prodigiosa de sus dedos de ponchador de mota para raspar la droga y confeccionar bolsitas de dos gramos que luego se venderían en tiendas abiertas las 24 horas.

Una vez que terminaba con su tanda, El Fito podía relajarse y hasta dormir, o jugar Play Station con los otros maquiladores. Ninguno de ellos tenía que preocuparse de nada más que de su producción: había una señora que les llegaba a hacer la limpieza y otra que les cocinaba.

Los días más duros eran los de "la prueba de calidad". Entonces llegaba el patrón con sus matones y un técnico que comprobaba la calidad de la "mercancía" con reactivos y básculas, y pobre del "maquilador" al que le faltara un solo gramo: el ladrón recibía una tunda en las nalgas desnudas con un leño de 60 centímetros de largo, que se turnaban entre todos para no fatigarse. No había reincidencia porque a la segunda, o desaparecían al infractor o lo "guisaban", que para el caso es lo mismo.

Ahora El Fito puede comprarse un par de tenis nuevos cada 15 días. Es un buen elemento, con buena estrella, le dicen los patrones; lo han ascendido a otro "departamento" de "la compañía". Ahora viaja mucho; a veces pasan semanas enteras sin que su mujer sepa dónde anda. Ya acabó de arreglar el techo de su casa y no pasa apuros, aunque ya no puede ver a su familia cuando se le antoja y carga con la cruz de saber que en cualquier momento puede sucederles una desgracia.

Incluso, de vez en cuando, se permite el lujo de enviar mensajes de texto a valedores como el Chilango. Ya no cuenta detalles de lo que hace y pide siempre que borren su número del aparato, pero al menos así sus compas saben que El Fito sigue con vida, que su cabeza se halla a salvo y no sobre una plancha del servicio forense o pudriéndose entre las yerbas de un terreno baldío.

INSOMNIO

La señora Rita soñó, la noche de la balacera, que caminaba por un jardín inmenso. Se había quitado los zapatos por temor a estropear el césped, que lucía histéricamente corto y verde como el de un campo de golf. La yerba parecía gemir y quejarse bajo el peso de su regordeta figura, así que doña Rita comenzó a caminar de puntillas, y luego, no supo cómo, se encontró completamente desnuda. En el sueño, la señora Rita pensaba que era una hora muy inapropiada para que una dama decente se paseara sola por la oscura campiña, y además encuerada, y decidió buscar el camino que la llevara de vuelta a la ciudad, cuyas luces chisporroteaban en el horizonte.

La señora Rita recuerda que, durante el sueño, no sintió verdadero miedo sino hasta que una aeronave —un platillo volador con todo y cúpula redonda, luces de colores y turbinas ardientes— se posó de pronto encima de su persona y comenzó a ronronear como un motor hecho de carne.

La señora Rita despertó en ese momento, pero el ruido no cesó. Su esposo acababa de levantarse de la cama y abría la puerta del cuarto. Doña Rita le gritó que no saliera pero era tal estruendo que don Manolo no alcanzó a escucharla; ella lo siguió con las piernas tambaleantes. Parecía que un avión caería sobre la casa, a juzgar por el clamor. Doña Rita no estaba del todo segura de haber despertado del sueño, y corrió al cuarto de Paulito para asegurarse de que no lo hubieran secuestrado los extraterrestres.

Su hijo ya estaba de pie cuando la señora Rita entró a la habitación. Paulo creía que sólo eran cohetes —alguna broma de sus compañeros de la universidad— pero apartó a su vociferante madre de un empujón cuando vio, desde el pasillo, a su padre inmóvil junto al ventanal, con la espalda contra la pared, como escondiéndose de alguien. Ya para entonces también se escuchaban gritos en la calle, y las llantas de un vehículo que derrapaban sobre el asfalto, y un retumbar de pasos calzados en botas sobre la banqueta.

Desde su sitio junto al ventanal, don Manolo les gritó que se arrojaran al suelo.

La señora Rita no supo cuánto tiempo pasaron así, inmóviles sobre el piso mientras afuera tronaban las metralletas, ella con la nariz de Nené, el pequinés de la familia, pegada a su cuello. Luego el tiroteo cesó y don Manolo pudo asomarse por el ventanal y dijo que veía soldados apostados en cuclillas junto a su auto, apuntando sus rifles hacia el final de la calle.

Doña Rita le pidió entonces que telefoneara a la policía. Don Manolo y Paulo le gritaron, al mismo tiempo, que se callara.

Y así les amaneció ese día. Hasta bien entradas las siete de la mañana no escucharon ni una sola sirena de patrulla ni de la Cruz Roja y ni siquiera don Manolo se había atrevido a asomar las narices fuera de la casa. La señora Rita se paseaba por el único piso de la vivienda, graznando su nerviosismo y con el teléfono inalámbrico en las manos. Cuando don Manolo al fin se decidió a abrir la puerta y salir a la calle, doña Rita procedió a telefonear a todos sus familiares. Nadie estaba enterado de la balacera, apenas su hermana había escuchado algo, también en sueños, a un kilómetro de distancia. No pudo seguir hablando porque su esposo, con el rostro pálido, cerró la puerta a sus espaldas y con gestos frenéticos les pidió que guardaran silencio. Afuera estaba lleno de reporteros con grabadoras y cámaras que querían escuchar su testimonio.

Ni madres, dijo don Manolo. *Al rato aquellos reconocen la casa y se vienen a vengar de nosotros, ¿no?*

Doña Rita pensó en ese momento que los periodistas eran como zopilotes que nada más andan rondando la desgracia. Se escandalizó de que todo aquello, obra seguramente de los narcos, estuviera pasando en su fraccionamiento de portones blancos y camionetas del año y sirvientas que barren a diario los frentes de las fachadas. Y con lo costosa que había salido la casa, se lamentaba con voz plañidera, sería imposible mudarse de nuevo. Recordó que tenía que ir a la tintorería a recoger las camisas de su esposo pero nada más de pensar en salir a la calle se le subió la presión, el azúcar y los triglicéridos, y tuvo que recostarse en la penumbra de su recámara hasta el mediodía.

Paulito desoyó los lloriqueos de doña Rita; se negó a faltar a la universidad por culpa del incidente. Cuando regresó le contó a su madre que había hablado con un amigo influyente y que este le había dicho que debían salir de aquella casa; que un grupo de agentes federales pensaba tomar la calle de Venus para realizar redadas en las casas cercanas y que había una gran posibilidad de que al caer la tarde estallara una nueva balacera. Doña Rita había intentado seguir las noticias por la televisión pero, cada vez que veía imágenes de tanquetas y soldados embozados, el dolor de cabeza se le empeoraba y además las palmas de las manos comenzaban a escocerle y sentía que su pecho era una jaula que encerraba a un canario aterrado.

La noche después de la balacera doña Rita y su familia buscaron refugio en casa de un familiar. Ella no pudo pegar el ojo en toda la noche, por miedo a soñar de nuevo con alienígenas, y porque cada chasquido de aquella casa ajena le hacía abrir los ojos, y también porque Nené no dejó de olisquear todos los rincones del cuarto de visitas, y amenazaba, cada cinco minutos, con rociar cobijas y muebles con su patita alzada.

Han pasado varios días y la señora Rita no puede dormir. No soporta la idea de que Paulo salga por las noches, para gran fastidio del muchacho. Su marido está ya cansado de sus pavores nocturnos y sus soponcios de telenovela (que alcanzaron su punto cumbre cuando doña Rita se enteró que una mañana, a dos cuadras de su casa, frente a la escuela Montessori, encontraron el cuerpo descuartizado de una muchacha, cubierto apenas con una cartulina en donde los asesinos escribieron un horrible mensaje), y bajo la amenaza del divorcio, la ha arrastrado a la consulta del psiquiatra.

Doña Rita sabe que los soldados se han marchado de su calle, pero no entiende por qué el miedo no la abandona. Hasta la visión de una mesita atestada de revistas viejas y folletos sobre depresión e impotencia le erizan los vellos de la nuca, igual que el chirrido de las mecedoras en la sala de espera, y los rostros impávidos de los otros pacientes.

Doña Rita retuerce un pañuelo desechable entre sus dedos. El sudor empapa su rostro. Piensa que lo más aterrador de todo el asunto es que tendrá que entrar al consultorio y hablar con un extraño de sus sueños.

LA VIDA NO VALE NADA

Y vámonos muriendo todos
que están enterrando gratis
Pedro Infante,
en *La vida no vale nada.*

Para no hacerte largo el cuento, la cosa estuvo así: un par
de días después de la balacera de la iglesia del Cristo (ya
sabes cuál, Fer, esa en donde achicharraron a granadazos
a unos batos que se venían correteando con los militares)
y después de que saliera a la luz el video ese que apareció
con unas cabezas afuera de Televisa, ¿te acuerdas? (en donde unos encapuchados salían con dos batos, encañonados,
soltando todita la sopa: los nombres de la gente que estaba
involucrada con Los Zetas, con el Cártel del Golfo, y hasta decían los apodos de los comandantes de la policía que
tenían en la nómina, y los periodistas que trabajaban con
ellos, todo, antes de matar a los dos batos y degollarlos),
como a los tres días de la balacera, no me acuerdo bien qué
día era, pero ni la semana había pasado, vaya, cuando El
Gordo me llamó y me dijo que aquellos batos le habían
hablado, que querían vernos y hablar con nosotros, no
mames, a mí se me subieron los huevos aunque, la verdad,
ya medio me lo sospechaba, porque desde mayo sabíamos
que había una lista; un bato de una mesa del juzgado cinco

nos había contado que había una lista que supuestamente Los Zetas habían hecho, de puros abogados que trabajaban el tema del narco, puros delitos contra la salud, portación ilegal de armas de uso exclusivo del Ejército, todo eso, ya sabes, y que nosotros por haber llevado el caso del Andrés estábamos en esa lista, que tuviéramos mucho cuidado porque nos iba a llevar la chingada, y por eso yo tenía un chingo de miedo, al chile me estaba cagando, pero de todos modos le dije al Gordo que les dijera que sí, que sí íbamos, porque se me hizo que sería peor no aparecernos, y El Gordo, bien pinche cuate me dijo: ¿qué pedo, viejita? Si quieres voy yo solo, pero le dije que nel, que yo jalaba, que cómo iba a dejarlo solo con ese pedo, después de todo lo que el bato había hecho por mí, porque era gracias al Gordo que yo estaba chambeando (¿te acuerdas de que te conté, que ese pinche Gordo me sacó del fango, de que fue el único que me tendió una mano en la peor racha de mi vida? Cuando me quedé sin chamba por culpa de la crisis económica, sin casa y sin vieja, y para no morirme de hambre trabajaba en un Italian Coffee del centro a 15 varos la hora, viviendo a base de puro lechero y de los panqués que me robaba cuando la gerente de la sucursal se distraía, del nabo, y fue El Gordo el que me sacó de ese pedo, el que me ofreció chamba, el que me propuso que hiciéramos mancuerna para coyotear afuera de los juzgados: él se encargaría de conseguir clientes y lidiar con los pendejos de las mesas y del Ministerio Público, y yo me encargaría de las estrategias legales, de redactar los oficios, ya sabes, lo que me gusta, para lo que siempre he sido bien verga, desde que estaba estudiando la carrera: *jóvenes, esta es una apelación y no mamadas, vaya*, decía uno de los rucos que me daban clases, uno de los profes más perros, mientras sostenía mi trabajo final ante la clase, para envidia de la bola esa de fresas pendejos e ignorantes con los que estudié en el Colón, gente bruta como ellos solos, pero con dinero, y con influencias, que después de salir de la carrera entraron a chambear en el Poder Judicial y en los despachos más acá del puerto mientras yo servía cafés a 15 pesos la hora, pinches dramas de la vida, y todo por culpa de la crisis económica, de la puta epidemia de influenza y de la culera de mi vieja, que viendo cómo estaba la cosa no se tentó el corazón de mandarme a la verga, igual que toda esa gente que según eran mis amigos pero nomás me volteaban la cara en la calle y hacían como que no me conocían y seguro a escondidas se burlaban de mi desgracia, y de toda esa pinche banda ojete el único que me hizo el paro fue El Gordo), él fue el único que me apoyó y me sacó de la mierda, Fer, y nunca dejó de creer en mí ni de decirme: *tú eres bien capaz, carnalito, ya verás cómo sales de esta*, porque ni siquiera mis jefes, mis propios padres, Fer, esos dos culeros que me dieron la vida, ni siquiera ellos quisieron ayudarme en esa época, y eso que varias veces les hablé para pedirles dinero pero siempre me mandaron a la chingada, que porque yo ya estaba grande, que ellos ya mucho habían hecho con pagarme la universidad, y además privada, y que ya era hora de que me rascara con mis propias uñas, que quién me había mandado a querer ser abogado en vez de entrar al Ejército como mi señor padre, chale, así de culeros, y sólo mi carnal El Gordo me tendió la mano, me vio jodido y me ofreció que fuéramos socios, que le entráramos juntos al pedo de la coyoteada, porque yo era bueno para leer y él para romper madres, y mientras que a mí me repateaba entrar a los juzgados y lidiar con esos ladrones hijos de puta, gente buena para nada, en cambio El Gordo se movía como pez en el agua entre toda esa mierda, y seguro hasta se cogía a las pinches gordas de las secretarias, o quién sabe cómo le hacía para que le hicieran caso, pero todo el mundo lo quería y lo respetaba, y pronto ya nos iba bien chido, y llevábamos varios asuntos y el varo fluía, y después de todo eso, después de su gesto de nobleza, cómo iba yo a dejar que mi carnal el marrano se fuera solo a la cita con aquellos, ni modo, yo tenía la obligación moral de acompañarlo, y aunque me estaba cagando de miedo le dije: *nel, Gordo, vamos los dos, no hay pedo.* Y total, para no hacértela cansada, el bato se puso de acuerdo con ellos y quedó que nos veríamos detrás del penal Allende, en la callecita esa que ya no me acuerdo cómo se llama, donde está Cappezzio's, mero en frente de donde está Cappezzio's, ahí quedamos de vernos con los batos esos, que finalmente llegaron a la hora que nos dijeron, a bordo de una camioneta Lobo, un camionetón enorme, naranja con negro y llantas mamalonas, cada una fácil costaba como 30 mil varos, de esas chonchas porque seguramente la camioneta estaba blindada, para aguantar el peso. Yo casi me zurro, la verdad, cuando esa madre se paró frente a nosotros y las puertas se abrieron y de adentro se bajaron unos güeyes, sin armas, porque los culeros las dejaron adentro, desde la banqueta yo alcanzaba a verlas, puras M16, no mames. Los tipos se ve que tenían instrucción militar, por el corte de pelo y el parado y la forma en que te miraban, aunque había uno que se veía bien malandro, yo creo que andaba mariguano o bien perico porque no dejaba de moverse y miraba para todos lados y terminó parándose en la esquina, desde donde saludaba con los ojos y las cejas a todo el mundo: a los vagos de la calle, los franeleros de la esquina, los taxistas que pasaban y hasta a las patrullas de policía, como diciéndole a todos: *nosotros en nuestro pedo y ustedes en el suyo.* Y total que al final se bajó el preciso, el bato que nos había mandado a llamar, el que quería reunirse con nosotros: un tipo chaparro, sombrerudo, de ojo claro y acento norteño. *Buenas tardes, licenciados,* nos dijo el bato, *¿cómo andamos?,* bien amable. *Bien,* respondió el Gordo, *pues aquí, señor, usted dirá,* y me dio un codazo pero a mí no me salía la voz, yo creo que los huevos que tenía aquí me estorbaban. *Usted* *nos citó, qué se le ofrece*, dijo El Gordo, y al Güero como que le dio gusto que el marrano fuera al grano y se puso a contarnos que había estado haciendo investigaciones, preguntando quiénes eran los abogados chingones del puerto, y que le habían dicho que nosotros trabajábamos muy bien, que éramos muy efectivos, y lo que el bato quería era saber si nosotros queríamos entrarle al jale con ellos, trabajar para su grupo, pues. Yo tenía la mirada clavada en las botas del Güero, y de ahí nomás subía la mirada hasta la hebilla de su cinturón, que era una bandera mexicana que parecía ondear en el aire, y luego volvía a bajarla porque no me atrevía a decirle nada, no me atrevía a decirle que no, que la neta yo no quería nada ni con él ni con su gente, que lo único que yo quería era que me dejaran chambear, y que me dejaran vivir, por supuesto, pero tampoco quería desairar al bato, porque él seguía diciendo que le habían dicho que nosotros éramos buenos penalistas, aguerridos, y que ya todo el mundo sabía que habíamos puesto en ridículo al juez y a la secretaria del juzgado cinco, y hasta a los pendejos del Ministerio Federal con lo del asunto del Andrés, que hasta eso era el único caso, el único, que El Gordo y yo habíamos llevado por delitos contra la salud (el que te estaba contando, el del trailero que acusaban de ser vendedor de mota, el bato que no era ni trailero —más bien chalán y cargador— ni mucho menos narco —aunque sí bien atascado— y que metieron al bote según por narcomenudeo, por vender mariguana, aunque al final resultó que no era cierto, que los pinches dizque investigadores de la AFI le abrieron una averiguación previa sin tomarse la molestia siquiera de armar bien el expediente, ni mucho menos de ofrecer medios de prueba suficientes, y que para colmo el pendejo del juez resolvió con sus huevos, cortando y pegando las mentiras de la averiguación previa en el auto de formal prisión, una pinche cochinada, Fer, un expediente de mierda lleno de puras inconsistencias, porque el trailero este, que se llamaba Andrés, ni siquiera llevaba nada encima cuando lo detuvieron, todo se lo achacaban a lo que encontraron en su casa durante un cateo que hicieron cuando el bato ni siquiera estaba, y en donde los federales encontraron un tambachito pedorro de mota y unas balas calibre .45 que según el Andrés ya estaban en la casa cuando él se mudó y que por pendejo guardó en lugar de botarlas. Y de todos modos ni pudimos hacer nada por el pobre bato, porque el otro juez, el del Juzgado Sexto, se pasó mi apelación por los huevos y a pesar de toda la chamba que hicimos, toda la labor de detectives que nos tocó hacer para demostrar que su dizque investigación estaba bien pendeja, igual sentenciaron a Andrés a siete años de cárcel, pobre bato, y lo peor de todo es que allá dentro, en el penal Allende, los que mandaban eran aquellos, Los Zetas, y cuando se enteraron de que Andrés estaba preso por narcomenudeo se la hicieron de pedo y lo madrearon y lo tablearon y creo que hasta lo violaron, y empezaron a darle escuela, y el pobre Andrés, que nunca fue narco ni una chingada, nomás un pobre güey atascado y mariguano, que se metía sus anfetas para aguantar las chingas cargando tráilers, terminó volviéndose uno de ellos, por cuestión de supervivencia, claro, porque era eso o morir suicidado, ya sabes, que en ese año se murieron un chingo de presos en todos los penales del estado, dizque se colgaban en sus celdas, pero con unos nudos bien locos, bien complicados, y el Andrés cambió bien cabrón, fue una transformación radical, un giro de 180 grados, Fer, porque de ser un bato bien tranquilo se acabó volviendo bien agresivo, bien loco, y la última vez que fuimos a verlo nos amenazó de que cuando saliera nos iba a cargar la verga, así nos dijo, que por no haberlo ayudado, por no habernos apurado a sacarlo), y total que ni pudimos hacer nada con ese caso, ni pudimos llegar a nada y al final tuvimos que abandonarlo porque después de revisar el expediente, después de investigar cómo estuvo el pedo y desenmascarar las mentiras y las chingaderas de los federales y del juzgado, acabamos descubriendo que la culpa de todo había sido de la pendeja vieja del Andrés, que fue la que en un principio nos buscó y nos contrató para que defendiéramos al bato, y nos pagaba bien porque era maestra y tenía sus negocios en Piedras Negras, y pues al final descubrimos que fue ella la causante de todo porque un día se enteró de que Andrés andaba con otra vieja, con una chava guatemalteca, y de puros celos y para vengarse del bato se le hizo fácil llamar al número de denuncias anónimas de la AFI y decir que el Andrés era narco, que vendía drogas, quién sabe qué estaría pensando la pendeja que nunca se le ocurrió que los federales la tomarían en serio, y mucho menos pensó que esos cabrones al día siguiente se presentarían en la casa del Andrés para chingarlo, pero como no lo encontraron se inventaron que agarraron a un güey que testificó que el Andrés le había vendido un cartón de mota, un testigo que los pinches agentes nunca describieron ni identificaron porque al final resultó que ni existía, y no habían registros del bato ni en el IFE ni en el IMSS ni en el ISSSTE ni en Telmex, ni en ningún lado, y el domicilio que según había dado tampoco existía, pero esa pendeja yo creo que ni siquiera se imaginaba cómo funcionan las leyes en este país, en el Estado de derecho de mierda en el que vivimos, en donde una mentira tiene más posibilidades de convertirse en verdad jurídica que la misma verdad, y al final gana el que engorda más su mentira, o el que más varo reparte, o a veces ni eso, a veces todo depende de los de arriba, de las órdenes que se dictan, y que en este caso era la de armar una cacería de brujas contra cualquier cabrón que cayera en el tambo por delitos contra la salud, para inflar las cifras de detenciones y que así Calderón pudiera justificar su guerrita, su dizque lucha contra el narco, y cuando la vieja ya no pudo seguir engañándonos, cuando al fin nos confesó todo, llorando como Magdalena, de que ella había sido la culpable de que metieran a Andrés al bote, con aquella falsa denuncia que alertó a la AFI y por puro pinche despecho de que el Andrés andaba con otra, y cuando nos dijo eso, El Gordo y yo nomás nos quedamos viendo, porque con eso que la vieja nos estaba confesando, con eso ya teníamos para sacar al Andrés de Allende, pero el pedo era el siguiente: que si Andrés salía del tambo, entonces la vieja tendría que entrar en su lugar, por falsedad de declaraciones, y si a la pendeja la metían al bote, entonces ¿quién chingados nos iba a pagar a nosotros?), y aunque sí le metimos sus putazos al juez, por pendejo, y a la huevona de su secretaria, pero al final ni pasó nada: y nunca conseguimos nada con la apelación que metimos y tuvimos que abandonar el caso, pero eso no se lo íbamos a contar al Güero, ¿verdad?, al preciso de la camioneta, que seguía hablándonos ahí a mitad de la calle como si fuéramos cuates de toda la vida, como si estuviéramos ahí por puro gusto, casual, y hasta nos había ofrecido un refresquito, el hijo de la chingada, porque ahí dentro de la camioneta el bato tenía una hielera, y el calor estaba perro y nosotros sudábamos, y El Güero: *¿Les ofrezco un refresquito, licenciados?* Y el Gordo le dijo que sí, pinche Gordo pedacero, pero yo nomás menié la cabeza, yo lo único que quería era largarme de ahí, Fer, tenía un chingo de miedo, y El Güero nomás se me quedó viendo muy serio y me dijo, golpeado: *¿Quiere o no quiere?* Y yo así carraspié y le dije que *no, gracias,* y el bato se sonrió y me dijo: *Eso, chingao, así me gusta, que hable como los hombres, no se me achicopale, mi Lic.* Y le gritó a uno de sus achichincles: *A ver, Tosco, pásales un refresco a los licenciados,* y total que me dieron uno, en botella de vidrio, aunque yo ni quería, pero al bato que me lo dio se le pasó destaparlo. *Pinche maleducado,* lo regañó El Güero, y el bato tuvo que regresar a destaparnos las botellas con una navaja que llevaba metida en la pretina del pantalón. Para ese momento yo estaba empapado en sudor, hasta los pinches bóxers los tenía mojados; eran las doce del día y estábamos en pleno rayo del sol y así como que no queriendo le acabé dando un trago al refresco, pal susto pensaba yo, mientras El Güero nos seguía diciendo que no nos chiveáramos, que ahí estábamos entre amigos. Para no hacerte el cuento largo, el bato al final nos dijo: *Entonces, ¿qué? ¿Le entran o no?* Y nos miraba al Gordo y a mí, y yo y El Gordo nos mirábamos entre nosotros y lo mirábamos a él, y entre tanta miradera yo me di cuenta de que el Gordo sí estaba tentado, pero yo al chile ya no pude aguantar la presión y le dije la verdad: *Mire, patrón,* pinche agachón que me vi, *yo la verdad tengo miedo, usted puede ver los asuntos que llevamos, nos gusta chambear, y así, la mera verdad, yo no siento que, las condiciones,* y me puse a cantinflear gacho y El Güero se volteó hacia El Gordo, que no dijo nada, y entonces nos soltó: *Pues entonces los vamos a sacar de la lista, pero a cambio de que me hagan un favor.* Sí, *patrón,* le dije, *usted diga,* bien pinche puto. *Bueno, pues el favor consiste en que si ustedes llegan a ver que hay un asunto que me interesa, ustedes tienen que abrirse a la verga, a la de ya. Es más, por aquí lo voy pensando yo, y por acá ustedes lo van adivinando, ¿estamos?* El Gordo y yo le dijimos que sí, y el cabrón nos dio la mano y hasta nos abrazó, como si fuéramos los grandes compadres, y luego nos dijo: *Cualquier cosa, aquí andamos,* y se subió a la camioneta con todo y sus achichincles y se largaron, y El Gordo y yo nos quedamos ahí en la calle, parados con los refrescos en la mano, sin saber ni qué pedo, y El Gordo se volteó y me dijo, como siempre me decía cuando nos estaba llevando la chingada, cuando parecía que estábamos en un pedo sin salida: *No vale nada la vida,* como la canción esa, la de la película de Pedro Infante, y yo, como cada vez que lo oía, le contesté lo mismo que siempre le contestaba: *La vida no vale nada.*

VERACRUZ SE ESCRIBE CON ZETA
Estampas de la vida en el puerto en 2011

Harta de la cháchara de tus parientes —recién llegados de visita al puerto— tomas el auto y te diriges a la playa. Hace un clima estupendo: el sol brilla con júbilo en lo alto del cielo pero el viento es aún fresco y trae consigo un aroma a tierras lejanas.

Te estacionas frente al mar. Enciendes un cigarrillo sin bajarte del auto. El mar está casi inmóvil, tan pálido como el cielo. Las olas rompen con desgana en la playa, olas enanas que por momentos parecen hechas de plata y no de agua, de azogue, del material ese del que está hecho Robert Patrick en *Teminator II*.

La playa no está vacía. De hecho, te percatas de que hay más gente de la que suele haber los miércoles por la mañana: un grupo de 30 o 40 muchachos caminan cerca de la orilla. Llevan los pantalones de mezclilla arremangados y las camisas en las manos. Los pechos son morenos y lampiños, los cabellos van engominados, alzados en crestas o relamidos contra el cráneo. Te llama la atención que el grupo parezca caminar hacia un sitio preciso en la orilla; incluso ignoran al franelero que les ofrece asiento en las mesas protegidas con sombrillas que ha colocado sobre la arena rastrillada. Los movimientos de los chicos, la forma de llevar las ropas, te recuerdan las maneras de los turistas cuando bajan a la playa en manada para meter los tobillos en el mar y tomarse fotos. Pero aquellos chicos tienen más pinta de albañiles en día de descanso que de turistas.

A 20 metros de tu auto, una destartalada vagoneta blanca se detiene. Cuatro hombres vestidos de raperos —ropas deportivas, tatuajes, lentes oscuros— descienden y alcanzan al grupo en la playa. No alcanzas a escuchar lo que dicen, pero parece que los recién llegados les ordenan formarse. Parece que se tomarán una foto de grupo porque todos se acomodan dándole la espalda al mar, incluso los de enfrente se sientan en cuclillas. Pero nadie trae cámara.

Enciendes otro cigarro mientras los líderes y los chicos abandonan la arena y suben al malecón. Algunos se amontonan junto a la vagoneta blanca y uno de los que mandan —*jersey* de basquetbol verde claro— los reprende y los obliga a dispersarse. La puerta corrediza de la vagoneta se abre y dentro hay más gente. Te da la impresión de que van nombrando a los chicos, porque estos se acercan de dos en dos al vehículo y después se alejan del sitio con pequeños sobres color manila en las manos. Te fijas en una chica (hay quizás sólo tres o cuatro chicas en el grupo): se acerca a tu auto mientras cuenta dinero, billetes verdes, nuevos, que no pueden ser sino de 200 pesos. Sus labios regordetes se mueven mientras sus dedos se deslizan con pericia. Un auto amarillo, marca Mitsubishi, se detiene junto a ella. La chica —piel color canela, blusa rosa mexicano, sandalias con pedrería y lentes oscuros que le cubren la mitad del rostro— abre la puerta del copiloto —el reguetón truena— y sube al vehículo. Segundos después llega un BMW 3251, negro, al que suben tres chicos esmirriados: el menor de ellos no debe tener siquiera 15 años. Luego es una camioneta cuya marca no reconoces: sólo sabes que es blanca, nueva y lleva los vidrios polarizados.

Para entonces te das cuenta de que hay dos hombres parados junto a tu vehículo. No te miran fijamente pero notas que se colocaron en tu punto ciego. No puedes mirarlos de lleno porque tendrías que volver la cabeza por completo y no quieres que se den cuenta de que te diste cuenta. Tomas tu celular y le hablas a tu amigo Agustín, el primero del directorio. Charlas de cualquier cosa mientras fumas otro cigarrillo. Cuando los líderes de la camioneta te observan con recelo, dices alguna gracejada y ríes, para relajar tu rostro y no delatarte.

Te marchas un minuto después de que uno de los hombres te mostrara disimuladamente la cacha de una pistola que asoma por encima de la cintura de sus bermudas.

Nunca supiste su verdadero nombre. Te dio miedo preguntarle. Los amigos que te lo recomendaron lo llamaban Ángel del Mal; incluso así te lo escribió uno de ellos en la tarjeta en la que te pasó también su clave de radio y un número de celular. A ti te daba vergüenza aquel nombre tan payaso y lo llamabas Ángel, a secas.

La primera vez que le marcaste por radio lo citaste en un pequeño parque a dos cuadras de tu casa. No querías que supiera dónde vivías. Eran las ocho de la noche y el parque estaba a oscuras; por entre las ramas de los almendros soplaba la brisa fresca de octubre, ese vientecillo con olor a bosque que empujaba lejos el aire caldeado de la ciudad y que por la noche hacía aullar como desesperados a los perros de la cuadra.

Ángel del Mal se acercó a bordo de un automóvil oscuro, del año pero austero. Te pidió que subieras. Condujo el vehículo alrededor del parque mientras te mostraba una bolsa de supermercado atiborrada de paquetes diminutos; cada uno conteniendo un gramo de cocaína. Le compraste cuatro aquella primera vez. Tu mujer tenía antojo de mariguana pero Ángel no llevaba: te explicó que no le gustaba vender mota pues ocupaba demasiado espacio, olía mucho y era tan barata que no le dejaba casi ganancias. Te cayó bien su franqueza, su bigote de Pedro Infante, su leve acento norteño, la sencillez de unas ropas que lo hacían lucir como el gerente de una tienda de zapatos. Le calculaste 40 años y un pasado castrense.

Comenzaste a llamarlo una o dos veces por semana; era un alivio no tener que aparecerse por las tienditas y lidiar con los vendedores callejeros; siempre querían propina, siempre miraban tu auto con codicia y algo de rencor. Poco a poco te atreviste a hacerle conversación e incluso preguntas. Sabías que no era correcto mostrar tanta curiosidad pero realmente querías saber si trabajaba para Los Zetas, aunque no los nombraste de esa manera porque estabas acostumbrado a no mencionar ese apelativo en voz alta, como todas las personas que conocías: dijiste "los de la última letra". Mientras se efectuaba la transacción, Ángel habló. No dijo que sí ni que no pero te dio a entender que la mercancía que él repartía por toda la ciudad y que tú y tus amigos esnifaban ruidosamente en las fiestas provenía de este grupo delictivo. Te dio a entender que él era sólo uno de tantos vendedores autorizados y que si acaso se atrevía a incrementar el costo oficial de cada bolsa era para ahorrarles a sus clientes la molestia de salir de sus domicilios. La confesión te puso nervioso; le estrechaste la mano con premura, abriste la puerta del auto para descender y casi te desmayas al ver la patrulla que los seguía con las luces apagadas. Te imaginaste en los separos inmundos de la policía a tu mujer teniendo que empeñar algo para pagar una multa de cuatro ceros, a tus amigos furiosos porque no llegabas con el perico. Pero Ángel, muy calmo, casi sonriendo, te dijo que bajaras del auto sin miedo, que la inmunidad ante la policía ya estaba incluida en el precio de cada grapa.

Si se meten conmigo, le responden a aquellos *y no son pendejos*, dijo.

Otra noche, de nuevo en su auto, le preguntaste si había más repartidores como él. Con el rostro súbitamente alargado, te contó que solía haber un muchacho que también vendía coca a domicilio y que siempre iba acompañado de una chica, para despistar a los agentes de los retenes que desde hacía pocos meses la Marina improvisaba en las calles del puerto. Ángel te contó cómo el chico había empezado a "jugarles chueco" a Los Zetas: para incrementar sus ganancias comenzó a comprarle droga a los *chapulines*, miembros de otros cárteles que actuaban en la periferia de la ciudad, hasta que los jefes se dieron cuenta de su traición y le exigieron a Ángel del Mal que "le pusiera el dedo" al muchacho: que le hablara por radio y le sonsacara la ubicación de su escondite. Los sicarios mataron al muchacho y a la chica que lo acompañaba; Ángel estaba ahí.

Me obligaron a seccionarlo, te confesó. Se chupaba las orillas del bigote con nervios.

La palabra se quedó rebotando en tu cabeza pero no fue sino hasta que entraste a tu casa y pasaste el seguro de la puerta, con tu botín bien guardado en una de las solapas de tu cartera, que comprendiste lo que tu *dealer* quiso decir con ese término que sonaba a medias médico, a medias burocrático: que los patrones lo habían obligado a descuartizar el cuerpo de su antiguo compañero para demostrar su lealtad.

La coca que compraste aquel día te supo a veneno pero te la acabaste toda, hasta la última morusa que quedó pegada al billete de 20 que utilizabas para inhalarla. Y es que con algo debías condimentar el par de botellas de whisky de 12 años que tus amigos habían llevado: ni modo que se las tomaran en seco.

Dos meses más tarde, Ángel del Mal dejó de responder su radio y tuviste que acudir de nuevo con los vendedores callejeros.

Era un sábado como cualquier otro. La tienda mayorista en la que trabajabas como cajero estaba a reventar de clientes y niños. Iniciaste tu día de la forma acostumbrada: con una junta de motivación en la que el gerente compelía a los empleados ("socios" era el término que prefería la empresa, para ahorrarse prestaciones laborales) a gritar y brincar abrazados. Tu sonrisa debía de ser tan amplia como la que lucía el botón que pendía de tu camisa, decía tu supervisor, pero rara vez lograbas mantenerla más de una hora seguida, lo que te restaba puntos de productividad y pesos en la quincena.

Todo transcurría con normalidad. El dolor de pies era aún soportable. Por la caja que atendías desfilaban las señoras que compraban pasteles congelados y latas de conserva gigantes; señores que iban por cartones de cigarrillos, comida preparada y licores. Y de repente, por ahí del mediodía, se formó ante tu fila una caravana de montacargas que arrastraban un par de refrigeradores, tres lavadoras, cinco hornos de microondas, pacas y pacas de ropas, cajas de licores y de golosinas. Estabas acostumbrado a facturar grandes pedidos de restaurantes y hoteles, así que no te extrañó que el total de aquella cuenta ascendiera a poco más de 10 mil dólares. Detrás del último carrito apareció un hombre de mediana edad, acompañado de seis tipos con pinta de malandrines. Le sonreíste al cliente, le deseaste una buena tarde y le preguntaste cuál sería su forma de pago. Sin decir una palabra, él te entregó una tarjeta de crédito que fue rechazada por el sistema al primer intento.

Le pediste disculpas al cliente, le explicaste que tu terminal señalaba que la tarjeta había sido cancelada. Sin inmutarse, el hombre sacó otra del bolsillo trasero. Era un plástico virgen, sin letras ni números ni logos de ningún banco. Le diste vuelta entre tus dedos y miraste la banda magnética mientras sentías cómo los poros de todo tu cuerpo se levantaban. Estiraste aún más tu sonrisa y te disculpaste nuevamente con el cliente: no podías pasar aquella tarjeta.

Pásala, coño, tú pásala, decía el tipo, con evidente molestia.

Pásala, pendejo. No hagas panchos, añadió uno de los malandrillos.

Como no sabías qué hacer, seguiste el manual de la compañía: llamaste a tu supervisor. Los tipos te miraron con odio pero no serías tú quien les negara lo que querían. El supervisor tardó 15 minutos en llegar; la tienda estaba a reventar. Le entregaste la tarjeta; la miró por todos lados y se negó también a pasarla.

El hombre ni siquiera alzó la voz para explicarles que, si no le cobraban con aquel plástico, tú y el supervisor acabarían muertos en el estacionamiento, con las caras llenas de agujeros y los sesos desparramados.

Tu supervisor pasó de inmediato la tarjeta. Los hombres se marcharon tranquilamente con su mercancía.

Al día siguiente presentaste tu renuncia. Necesitabas el trabajo pero no sabías si los tipos aquellos volverían. Más tarde te enteraste de que tu supervisor había hecho lo mismo.

Lo tuyo, lo tuyo siempre ha sido el antro. Incluso tu fiesta de xv años se celebró, allá a finales de los noventa, en la que era la disco más *cool* del puerto. Tu papá ya había rentado el Casino Naval y te imaginaba rodeada de chambelanes, con vestido de crinolina, lanzando palomas blancas al techo. Tuviste que encerrarte dos días en tu cuarto y gritar que te matarías si tus amigas te llegaban a ver bailando el vals con algún naco de la Academia Naval, para que finalmente tu papá accediera a rentar el antro y se olvidara del pastel de tres pisos.

Conoces todos los centros nocturnos del puerto, o al menos todos los que valen la pena. No te importa realmente que en las bocinas truene el pop, el reguetón, el *lounge* o la salsa; para ti siempre ha sido más importante la convivencia: estar con la gente que quieres y admiras, echar relajo sin tener que abundar en conversaciones aburridas, bailar y beber y reírte hasta el amanecer.

Te gustaba en particular aquel antro de decoración *vintage*, asientos de terciopelo y arañas de cristal en el techo. Y te gustaba porque era el más costoso del puerto, el más nuevo, el más exclusivo. Únicamente la gente bonita y bien vestida podía ingresar al local; podías ser rubio de ojo azul y hablar francés, pero si llegabas en bermudas y chanclas, *bye*, no pasabas de la puerta. Era tan pero tan glamuroso que a veces sentías vergüenza de tener que ponerte la misma blusa dos veces, cuando sabías que allí acudían chicas que llevaban vestidos de diseñador de 30 mil pesos. Pero una vez adentro te encontrabas con todo el mundo y tus complejos se diluían como el hielo *frappé* de tu martini de pepino.

Por eso te llamó tanto la atención aquel grupo de prietitos pelos necios, vestidos con camisas deportivas y gruesas cadenas y esclavas de oro, que empezó a acudir los fines de semana al antro. Se veían tan fuera de lugar que todo el mundo se les quedaba viendo de reojo y nadie entendía, al principio, por qué el dueño del lugar se deshacía en caravanas y les ofrecía siempre las mejores mesas, aquellas que ni tus propios amigos lograban reservar. Mucha gente se molestó, y no porque fueran morenos; algunos de tus amigos lo eran y tenían más dinero que los güeros; lo raro era que los tipos aquellos no bailaban ni se divertían. Se la pasaban mirándose las caras mientras bebían como cosacos, en completo silencio. A veces iban acompañados de mujeres; todas te parecían vulgarsísimas, corrientes, incluso con tremendas joyas que lucían.

Un amigo te contó que los tipos aquellos eran narcos y le creíste: tenían la misma pinta de los que salían en la tele, esposados frente a mesas atascadas de metralletas. Tu amigo te aconsejó que jamás les dirigieras la palabra ni voltearas a mirarlos siquiera porque ya había pasado, te contó, que en algún otro antro del puerto un grupo de sujetos de las mismas características se prendaban de alguna chica y decidían llevársela, aunque tuvieran que deshacerse del marido o de los pretendientes. No le creíste, parecía el argumento de una película chafísima, pero luego tu mamá te contó que aquello realmente le había pasado a la hija de una señora que le había mandado un correo a una amiga suya. Te traía tonta con sus advertencias y consejos bienintencionados cada vez que te arreglabas para salir, y acabaste por prometerle que ya no acudirías a la disco. Pero seguías yendo. Te aburrías horrores en los bares y las fiestas caseras.

La última vez que pusiste un pie en aquel antro fue una noche de sábado para domingo. El lugar reventaba de gente y ruido y de un momento para otro las luces se encendieron y la música se murió en las bocinas. Un grupo de sujetos armados entraron al bar, se encaminaron a una de las mesas y sacaron a rastras a un muchachito. Pudiste ver todo lo que los tipos esos le hicieron al chavo en la calle, porque el antro tenía grandes ventanales que daban hacia el bulevar Ávila Camacho. Tres camionetas detenían el tráfico mientras los sujetos golpeaban al chico en plena avenida; le sacaron sangre de la cara con las culatas de sus fusiles y después, cuando quedó inconsciente, lo levantaron del suelo y lo arrojaron al interior de una de las camionetas y se marcharon.

Dentro del antro todos tenían cara de espanto, menos los narcos de la mesa junto a la pista. Pensaste en el pobrecito muchacho; tan guapito que se veía. La gente cuchicheaba y muy cerca de tu mesa alguien comenzó a gritar en un radio, decía algo sobre la policía.

Uno de los narcos, un tipo imponente, con el pelo cortado a cepillo, se levantó de su asiento y, sin dirigirse a nadie en particular, gritó que se calmaran todos, que ahí no había pasado nada.

¿O qué, alguien vio algo?, reclamó, con los brazos en jarras.

Todos huyeron en estampida. Ni siquiera alcanzaron a pagar las cuentas. Tú ibas llorando. Tenías mucho miedo y no podías creer que la ciudad en la que habías nacido y crecido se estaba convirtiendo en uno de esos lugares feos que existen en la frontera, en donde no hay a dónde salir a divertirse porque a cada rato hay balaceras.

Te despiertas con el ruido de las metralletas tronando afuera de tu casa. Saltas de la cama y cruzas corriendo el pasillo para entrar al cuarto de tu hijo: yace en su cama, despierto y asustado. Tu esposo se asoma por la ventana de la sala y te grita que te arrojes al piso. Te dice que afuera hay soldados, que van armados, que acaban de agarrar tu auto como parapeto, que apuntan a una camioneta volcada al final de la calle.

No te atreves a abrir la puerta de tu casa hasta bien entrada la mañana. Algunos reporteros tocan el timbre pero no les abres.

Todo aquel mes te ves incapaz de dormir de corrido: cada vez que cierras los ojos vuelves a escuchar el clamor de las balas.

Hace tiempo que no paseas por aquel barrio. Hay muchas más casas de las que recordabas, más lujosas que entonces, ahora pintadas de alegres colores y decoradas con molduras de importación y portones blancos. No queda ni rastro del terreno baldío en el que jugabas beisbol y cazabas lagartijas con tus amigos, pero la escuela Montessori a la que asististe durante seis años está en el mismo sitio; incluso sigue pintada de blanco, aunque ahora luce más pequeña de lo que recordabas. La puerta de entrada ya no es más una reja de fierro sino un portón de aluminio albo. Detrás de ella escuchas gritos infantiles, risas: supones que es la hora del recreo.

Se te antoja de repente entrar a la escuela y subir a las oficinas para saludar a la directora bajita, de voz atiplada, que te jalaba las orejas con dulzura cuando hablabas demasiado en clase, o a tu maestra de sexto año, la que te dio a leer a Rius y a Malfalda, y la que te prestó el libro de *La noche de Tlatelolco*, en donde aprendiste lo que realmente había pasado en el 68; esa mujer morena, de gruesos lentes, que te enseñó a ti y a tus compañeros cómo jugar beisbol sin guantes, al estilo del pequeño poblado selvático del que provenía. Estás a punto de presionar el timbre cuando recuerdas que no dispones de mucho tiempo, que sería mejor que te apresuraras a llegar a la oficina. Permaneces unos minutos más frente al portón y te prometes a ti misma que, más tarde, quizás otro día, regresarás a saludar a tus antiguas maestras. Te das la vuelta para marcharte y entonces reparas en una especie de florero que alguien ha colocado en el borde de la acera, junto a un pequeño árbol que no existía en tus tiempos de escolar. Te acercas a contemplarlo. Las flores que contiene lucen marchitas aunque son de plástico. Sobre el suelo, desperdigados, yacen los pedazos de una cruz de yeso rota. Te inclinas para mirar los fragmentos; hay letras doradas en ellos. Los acomodas sobre la acera para formar un nombre y una fecha: "Miriam M. Barra. 1974-2010". Sobre el tronco del árbol descubres un crucifijo de metal, clavado. Haces la resta correspondiente: Miriam tenía 36 años el día de su muerte, ocurrida en aquella misma esquina; seguramente en un accidente de tráfico, supones.

Te marchas del lugar chiflando la canción con la que te despertaste tarareando aquella mañana.

Pasan dos días. El nombre de Miriam M. Barra se te ha quedado grabado. Te aburres en la oficina; tienes que esperar instrucciones que no llegan y para matar el tiempo, decides escribir aquel nombre en el buscador pero los resultados no arrojan ningún dato interesante. Decides entonces probar con los nombres de las calles. Tecleas "Invernadero esquina Marte": la primera entrada que aparece proviene de un periódico en línea y anuncia: *APARECIÓ DESCUARTIZADA*. La fotografía que acompaña la nota muestra a un grupo de policías vestidos de negro en el proceso de levantar un bulto envuelto en sábanas ensangrentadas, casi frente al portón blanco del colegio. La nota, escrita y publicada unos meses antes, supone que el cuerpo pertenece a Nayeli Reyes Santos, empleada del Poder Judicial de la Federación y secuestrada en su domicilio cuatro días antes del hallazgo, después de un enfrentamiento entre militares e integrantes de un grupo delictivo en las calles del fraccionamiento Jardines de Mocambo. Las imágenes de Nayeli abundan: instantáneas de la joven en vida (cabello liso, salpicado de mechas rubias, sonrisa amplia, rostro afilado) y de su cuerpo mutilado (piernas cortadas a la altura de las ingles, brazos amoratados, separados de un torso apenas cubierto por una camiseta a rayas y una cartulina que reza: *Ezto le va a pazar a todoz aquelloz que falten al rezpeto o pongan el dedo a la compañía. Atte Z*) que alguien fijó al pecho con un cuchillo, hundido hasta la empuñadura. Las siguientes notas consignan el reconocimiento del cuerpo por parte de un familiar cercano a Nayeli y la devolución del mismo, dos días después, en pleno velorio: los padres de la abogada de 32 años abrieron el ataúd y se percataron de que el cuerpo que lloraban tenía cabello oscuro y rizado y llevaba tatuajes que Nayeli no poseía.

Te embarga la tristeza. Por mucho que buscas, no logras hallar ninguna información que consigne la posterior identificación del cuerpo de Miriam M. Barra, de 36 años, ni la aparición, con vida o sin ella, de la empleada del Poder Judicial. Recuerdas lo que alguna vez te contó una amiga artista que había trabajado con una embalsamadora: no existen cuerpos femeninos en las facultades de Medicina porque estos siempre terminan por ser rescatados de los anfiteatros por sus familiares, lo que no siempre sucede con los varones. Pensaste en el dolor de la familia de esta chica, en las flores ajadas por la resolana, en el florero con el que alguien —alguien que seguramente había amado a Miriam M. Barra— había intentado sin éxito embellecer y dignificar un poco aquella esquina infausta. ¿Quién se habría atrevido a destrozar la cruz de yeso con su nombre?, te preguntaste. ¿Acaso habría sido uno de los asesinos? ¿Los niños de la escuela? ¿Se trataba de un penoso accidente, o un intento deliberado de algún vecino por olvidar lo que había sucedido?

Los ojos te lagrimean. Te los limpias con coraje: ya no eres una chiquilla y no puedes darte el lujo de llorar por la gente que no conoces, por la gente de la que no eres responsable. Recuerdas la vez que la maestra de sexto te prestó el libro que hablaba de la masacre de Tlatelolco, y cómo luego viste en la tele ese documental en donde los soldados del Ejército Mexicano le disparan a los estudiantes, allá en la Plaza de las Tres Culturas, y recuerdas también que, aquella misma noche, fuiste incapaz de pegar el ojo pues aún podías escuchar los gritos, los cantos de los muchachos, sus consignas rabiosas. Diste vueltas bajo tus sábanas de Garfield hasta bien entrada la madrugada; tenías la sensación de que tú eras tan culpable como los soldados, como el presidente con cara de chango que salía gesticulando en el video y al que los estudiantes le mentaban la madre horas antes de caer al suelo, despedazados por las balas.

Llevas ya ocho días yaciendo en una camilla en la sala de urgencias del IMSS. Tu tía te cuida. Todos los días te dice que ya en cualquier momento serás trasladado a un hospital en el que podrán coserte el hueco de la espalda, que ahí en Urgencias no pueden hacer nada porque no estás afiliado. Te dice también que el gobernador pregunta por ti a diario, que se ha comprometido a conseguir atención médica y una beca para que puedas terminar de estudiar la secundaria.

Llevas ya ocho días en aquella camilla, bocabajo, con las moscas zumbando en torno a tu cabeza, sin que te suban a piso ni te trasladen. Te medican y ponen sueros, te inyectan todo el tiempo. Antibióticos, sobre todo, para que la herida no se te pudra. La tienes cubierta de gasa y no permiten que te la toques, aunque tú te empeñas en hacerlo y a veces, cuando tu tía no te vigila, cuando las enfermeras se marchan a atender a sus pacientes, te retuerces para llevarte una mano a la espalda y sentir el hueco que la bala expansiva te dejó a la altura de la paletilla.

Cinco centímetros más adentro y no la cuentas, te dijo el médico.

El dolor aumenta durante la noche, cuando los medicamentos reducen su efecto y el silencio del hospital te recuerda que tu madre está muerta, que la mataron las mismas balas que te hirieron cuando viajaban en un taxi por la calle La Fragua, hace ocho días.

Y entonces lloras, aunque tu tía esté contigo, aunque te acaricie la cabeza y te pida que no lo hagas, que tu mami se pondría más triste de verte sufrir tanto. Lloras porque tú fuiste el de la idea de ir a cenar tortas después del concierto de La Arrolladora Banda Limón en el Auditorio Benito Juárez, y porque tú fuiste el que eligió el taxi que se atravesaría en medio de la balacera.

Y ni siquiera pudiste ir al velorio, ni siquiera pudiste llevarle flores y pedirle disculpas. Por eso lloras, porque todo es tu culpa.

AGRADECIMIENTOS

La investigación y escritura de estos relatos no hubiera sido posible sin el apoyo de las siguientes personas: Isaac Aguilar, Bertha Ahued Malpica, Rodrigo Barranco, Adriana Beltrán, Romeo Cruz, Shuguey Enríquez, Eduardo Flores, Juan Eduardo Flores Mateos, Juan Antonio Flores Martos, Mónica Fuster, Hugo Gallardo, Agustín García, Rolando García, Horacio Guadarrama, Jorge Francisco Guevara, Jorge Heberto Guevara, Aracely Hernández, Lourdes Hoyos, Miguel Ángel Montoya, Sonia Pinto, Cristóbal Roa, Rodrigo Soberanes, familia Urdapilleta Pinto, Luis Velázquez y Rogelio Villarreal. Muchas gracias, de corazón, a todos.

Aquí no es Miami de Fernanda Melchor
se terminó de imprimir en el mes de abril de 2022
en los talleres de
Grafimex Impresores S.A. de C.V.
Av. de las Torres No. 256 Valle de San Lorenzo
Iztapalapa, C.P. 09970, CDMX, Tel:3004-4444